KB197163

the War ends the world /
raises the world

세계가 시작되는
전장, 혹은
나의 최후의

성전

Secret File 3

"――고마워."

시스벨 루 네뷸리스 9세

Sisbell Lou Nebulis IX

네뷸리스 황청의 제3왕녀.
앨리스한테 억지로 끌려와서 같이 수행을 하게 된다.

"이러다 감기 걸리겠어요!"

"춥다……."

앨리스리제 루 네뷸리스 9세
Aliceliese Lou Nebulis IX

네뷸리스 황청의 제2왕녀.
(꾀)병으로 쓰러진 린을 구하기 위해
다이쿵후류 고류 무술 도장의 문을 두드린다.

요하임 레오 아르마델
Johaim Leo Armadel

황청에서 힘겹게 살아가는 청년.
성령술 결핍증 환자.
미래에 대해 절망하고 있다.

일리티아 루 네뷸리스 9세
Elletear Lou Nebulis IX

네뷸리스 황청의 제1왕녀.
약한 성령을 가지고 있어서
"절대로 여왕은 될 수 없다"고
조롱당하고 있다.

너와 나의 최후의 전장,
혹은 세계가 시작되는 성전
Secret File 3

the War ends the world /
raises the world

So Se lu, Ee yum lavia.
교차한다.

Ee yum miel-Ye-dia peqqy. Pie nes hec sioles Ee dyid hiz eis.
당신들은 서로를 채워주고 걸음을 뗄 거야. 거기에 진정한 자신은 없어.

Shie-la So tel. Sew sia toola Eeo miqvy.
부디 돌아봐줘. 나는 언제 어느 때나 당신들을 못 본 척하지는 않아.

마 녀 들 의 낙 원

「네뷸리스 황청」

앨리스리제 루 네뷸리스 9세
Aliceliese Lou Nebulis IX

네뷸리스 황청의 제2왕녀. 가장 유력한 차기 여왕 후보. 얼음을 다루는 최강 성령술사. 제국에서는 「빙화의 마녀」라고 불리는 공포의 대상. 황청 내부의 온갖 음모에 염증을 내고 있으며, 전장에서 만난 적국 검사인 이스카와의 정정당당한 싸움에 설렘을 느낀다.

린 뷔스포즈
Rin Vispose

앨리스의 시종. 흙의 성령 사용자. 가정부 같은 옷 아래에 암기를 숨기고 다니는 유능한 암살자. 평소에 무표정한 편이라서 무슨 생각을 하는지 알기 어려운데, 가슴 크기에는 열등감을 느끼는 듯하다.

시스벨 루 네뷸리스 9세
Sisbell Lou Nebulis IX

네뷸리스 황청의 제3왕녀. 앨리스리제의 여동생. 과거에 일어난 사건을 영상과 음성으로 재생하는 「등불」의 성령을 지녔다. 과거에 제국에 붙잡혔다가 이스카의 도움을 받았다.

일리티아 루 네뷸리스 9
Elletear Lou Nebulis IX

네뷸리스 황청의 제1왕녀. 주로 외국에 나가서 활동하느라 자주 왕궁을 비운다. 가장 약한 순혈종이라고 평가받는 공주님.

기 계 로 된 이 상 향

「천제국」

이스카
Iska

제국군 인류 방위기구, 기구 III사(師) 제907부대 소속. 과거에 사상 최연소로 제국의 최고 전력 「사도성(使徒聖)」 자리에 올랐지만, 마녀를 탈옥시킨 죄로 그 자격을 박탈당했다. 성령술을 차단하는 흑강의 성검과, 마지막으로 벤 성령술을 딱 한 번 재현하는 백강의 성검을 가지고 있다. 평화를 위해 싸우는 올곧은 소년 검사.

미스미스 클라스
Mismis Klass

제907부대 대장. 얼굴이 엄청나게 앳되어서 청소년처럼 보여도 실은 어엿한 성인 여성. 덜렁이지만 책임감이 강하고, 부하들에게도 신뢰를 받고 있다. 볼텍스에 빠지는 바람에 마녀로 변했다.

진 슐라건
Jhin Syulargun

제907부대 저격수. 귀신같은 저격 솜씨를 자랑한다. 이스카와 같은 스승님 밑에서 동문수학한 질긴 인연의 소유자. 성격은 차갑고 냉소적이지만, 동료를 아끼는 마음은 뜨겁다.

네네 알카스토네
Nene Alkastone

제907부대 기계 기술자. 천재 병기 개발자. 아득히 높은 곳에서 철갑탄을 발사하는 위성 병기를 조종한다. 실은 이스카를 친오빠처럼 잘 따르는 천진난만하고 사랑스러운 소녀.

리샤 인 엠파이어
Risya In Empire

사도성 제5위. 통칭 「만능 천재」.
검은 테 안경을 쓰고 양복을 입은 미녀.
학교 동기인 미스미스를 마음에 들어 한다.

네임리스
Nameless

사도성 제8위. 광학 위장복으로 머리부터 발끝까지
온몸을 가리고, 전자화된 음성으로 이야기하는 남자.
자객 부대 출신. 초인적인 신체능력의 소유자.

the War ends the world / raises the world

Secret File

CONTENTS

File.01

너와 나의 최후의 전장,
혹은
정의의 소지품 검사

the War ends the world /
raises the world
Secret File

1

마녀의 낙원『네뷸리스 황청』.

그 나라가 네뷸리스 여왕의 한마디로 인해 크게 요동쳤다.

"오늘 정오부터 소지품 불시 검사를 실시합니다."

술렁.

회의가 종료되기 직전. 여왕이 돌연 그렇게 선언하자 대신들이 웅성거렸다.

소지품 검사?

그것도 불시에?

대체 왜. 설마 여왕은 이 성의 가신들을 의심하는 건가?

"여왕 폐하…… 그게 도대체 무슨…….""

"설마 저희들 중에 배신자가 있다고 생각하시는 것은…….""

입을 모아 중얼거리는 대신들.

"정숙하세요."

여왕의 일갈이 그런 술렁거림을 단번에 날려버렸다.

"다른 뜻은 없습니다. 그저 이 왕궁의 풍기를 바로잡기 위함입니다."

"……풍기라고요?"

"네."

고개를 끄덕이는 여왕.

"최근 들어 아무래도 정신 상태가 해이해진 사람이 있는 것 같아서요."

그로부터 한 시간 후.

"으응——…… 날씨 좋다."

앨리스는 느긋하게 성의 안뜰을 산책하고 있었다.

앨리스리제 루 네뷸리스 9세.

눈부신 금발과 사랑스러운 외모를 지닌 왕녀였다. 그런데 또 적인 제국군한테는 「빙화의 마녀」로서 공포의 대상이 될 정도로 강한 성령술사이기도 했다.

하지만——.

그런 전장에서의 모습을 지금은 찾아볼 수 없었다.

"아아…… 이렇게 매일매일 아침부터 밤까지 내내 서재에 틀어박혀 서류에 서명하는 일이나 계속 해야 한다니. 어깨도 굳었고 등도 아프고. 정말 지긋지긋해!"

한마디로 말해 지금 앨리스는 땡땡이치는 중이었다.

과중한 왕녀의 격무에 지쳐서 안뜰로 도망쳐 나온 것이다.

잠깐의 휴식 시간.

그러나 오후에는 또 앨리스는 회의에 참여할 예정이었다.

"……휴. 이제 적당히 피로도 풀렸고. 더 이상 땡땡이치면 린한테 혼나겠지? 이제 그만 방으로 돌아갈까."

왕궁으로.

그 왕궁의 홀에 들렀다가 앨리스는 즉시 걸음을 멈췄다.

"어머나?"

수십 명이나 되는 사람들이 모여 있었다.

놀랍게도 병사, 대신, 시종이 주르르 길게 줄지어 늘어서 있는 것이었다.

"⋯⋯이게 뭐지?"

"마침 잘 왔어요, 앨리스."

"어마마마? 대체 무슨 일이 일어난 거죠?"

앨리스의 입장에서는 이렇게 사람들이 모인 것도 놀랍거니와 여왕이 1층 홀에 있는 것도 놀라웠다.

평소 같으면 여왕의 방에 계실 시간인데.

"소지품 검사 중입니다. 이 홀을 지나가는 사람들의 수하물을 낱낱이 검사하고 있어요."

"⋯⋯네?"

"마침 좋은 기회입니다."

여왕이 고개를 끄덕이며 말했다.

"앨리스, 당신의 수하물은 제가 직접 검사하도록 하죠."

"저, 저기요, 어마마마?!"

"자, 앨리스. 당신의 가방을 이리 내놓으세요."

여왕이 가까이 다가왔다.

반항 따윈 허용하지 않는 태세였다. 앨리스는 움찔하여 몸을 움츠렸다.

"잠깐만요, 어마마마?! 도대체 이게 무슨…… 소지품 검사라니, 저는 이런 행사에 관한 이야기는 못 들었는데요!"

"그러니까 불시 검사인 거죠."

앨리스한테는 청천벽력이었다.

그런데 여왕한테는 이런 앨리스의 저항이 몹시 수상해 보였던 모양이다.

"우선 몸수색부터 해야겠군요."

"몸수색까지 한다고요?!"

"앨리스, 거기 가만히 있어 봐요."

금속 탐지기를 손에 든 여왕이 앨리스의 머리부터 허리까지 몸을 이리저리 훑고 다녔다.

"흠?"

"어, 어마마마, 간지러워요!"

"……좋습니다. 몸수색은 이상 없음. 이건 인정하도록 하죠."

"다, 당연하죠! 그럼 저는 이만……."

"기다려요. 앨리스."

움찔.

은근슬쩍 홀을 지나가려고 했지만, 여왕은 그런 앨리스를 놓치지 않았다.

"아직 중요한 것의 검사가 끝나지 않았습니다. 당신이 겨드랑이에 끼고 있는 그 핸드백 말입니다."

"이, 이건……?!"

반쯤 충동적으로.

앨리스는 무심코 자기 핸드백을 등 뒤로 숨겨버렸다.

짚이는 것이 있었다. 이 안에 딱 하나, 황청 관계자에게는 들키고 싶지 않은 물건이 들어 있었던 것이다.

"저, 저를 조사해봤자 수상한 물건은 하나도 안 나올 텐데요?!"

"흐음?"

여왕의 눈이 번뜩였다.

앨리스의 대답이 여왕의 귀에는 한층 더 수상쩍게 들렸나 보다.

"수상한 점이 전혀 없다고요?"

"그, 그렇습니다!"

"그럼 어째서 그 핸드백을 뒤로 숨긴 거죠?"

"윽?!"

"앨리스. 이제 그만 포기해요."

"……으, 으윽. 알았어요."

핸드백을 내미는 앨리스. 그리고 그 안을 들여다보는 여왕.

"어? 비어 있네요."

"그, 그러니까, 수상한 물건은 하나도 없다고——."

"어머나? 이것은."

여왕이 손가락으로 뭔가를 집어 들었다. 가방 속에 들어 있던 천 조각 하나였다.

"손수건이네요."

"그, 그건……!"

"왜 그래요? 앨리스."

"……아, 아뇨, 아닙니다……."

앨리스는 그저 여왕을 외면하면서 시선을 피하느라 바빴다.

아무리 봐도 평범한 손수건.

색깔이 좀 남성용 같긴 해도, 특별히 들킬 만한 요소는 없었다. 그렇게 믿고 싶었다.

"흠."

"＿＿＿＿＿＿＿＿."

"뭐, 좋아요. 수상한 물건은 아닌 것 같으니."

여왕이 손수건과 가방을 돌려줬다.

"끝났습니다. 앨리스. 귀한 시간을 빼앗았군요."

"……휴."

"그렇게 불안했어요?"

"아, 아뇨, 아뇨, 아닙니다! 저는 문제가 없을 거라고 확신했어요! ……아, 아하하……."

방금 받은 손수건을 핸드백 속에 다시 넣었다.

아니, 다시 숨겼다는 표현이 정확할 것이다.

……아아, 무서웠다.

……만에 하나라도 들키면 어쩌나? 하고.

이 손수건은 남성용.

그야 당연했다. 애초에 앨리스의 물건이 아니기 때문이다.

자신의 라이벌——제국 검사 이스카가 예상치 못한 상황에서 빌려준 것이었다. 제국에서 만든 손수건이니까 들켰다간 큰 문제가 되었을 것이다.

　"……불안해서 죽는 줄 알았네."

　"앨리스."

　"네, 네?! 어마마마?!"

　"이 검사 말인데요. 한 명 한 명 일일이 살펴보려면 상당히 시간이 걸리는 것 같군요."

　여왕이 어휴 하고 한숨을 쉬었다.

　"검사를 도와주세요."

　"어마마마와 같은 일을 하면 되나요? 그 정도라면 도와드릴 수 있죠."

　앨리스도 검사원으로 참가하게 되었다.

　홀에 줄 서서 검사를 기다리고 있는 병사들과 시종들을 둘러보다가——.

　"어머?"

　앨리스는 거기서 작은 사람 그림자를 발견했다. 수하물 검사를 받으려고 모여 있는 사람들 틈으로 몰래 빠져나가 엘리베이터 쪽으로 가려고 하는——.

　"잠깐, 기다려!"

　그 사람 그림자를 쫓아간 앨리스가 얼른 그 뒷덜미를 낚아챘다.

　"잡았다, 시스벨!"

"꺅?! 어, 언니, 왜 이래요?"

시스벨——선명한 붉은 금빛 머리카락과 사랑스러운 외모를 지닌 왕녀.

다름 아닌 앨리스의 여동생이었다.

"갑자기 왜 이러세요? 저는 단지 제 방으로 돌아가려고 했을 뿐인데요."

"난 속아 넘어가지 않아. 너 지금 검사 줄에서 몰래 빠져나와 여기까지 왔잖아?"

"……그, 글쎄요? 무슨 말씀이신지 모르겠는데요."

"수상해."

고개를 옆으로 휙 돌려버린 여동생을 째려봤다.

앨리스 본인도 좀 전까지는 이스카의 손수건을 숨기느라 내심 안절부절못하고 있었는데, 그 위기를 넘긴 지금은 아무것도 두렵지 않았다.

오히려 이번에는 동생이 고생할 차례였다.

"시스벨, 넌 언제나 방에 틀어박혀 있잖아? 회의에도 참가하지 않고. 날마다 뭐 하고 지내는 거야?"

"공부하고 있습니다."

흥! 하고 당당하게 시스벨이 즉시 대답했다.

"언니와는 달리 저는 머리로 싸우는 두뇌파 타입이니까요."

"……묘하게 나를 바보 취급하는 것 같은데. 그토록 태도가 당당하시다면 소지품 검사도 당당하게 받아보지 그래?!"

"앗, 저기요?!"

"내가 직접 너를 검사해줄게!"

또다시 뒷덜미를 붙잡았다.

우선 몸수색부터. 어머니에게 빌려온 금속 탐지기를 동생의 몸에 댔다.

"등, 배, 어, 그리고 옆구리."

"가, 간지러운데요?! 저기요, 언니?!"

"흠, 그래. 수상한 물건을 몰래 숨기고 있는 것 같지는 않네."

"당연하죠."

시스벨이 휴 하고 탄식했다.

"정말이지, 2분 40초나 되는 시간을 낭비해버렸군요. 그럼 저는 이만──."

"기다려, 시스벨. 아직 이쪽은 안 끝났잖아."

"······앗!"

시스벨이 등에 지고 있는 배낭을 앨리스가 뒤에서 확 벗겨냈다.

"언니, 뭐 하는 거예요?!"

"켕기는 것이 없다면 정정당당하게 소지품 검사에 응하도록 해."

참고로 이것은 정확히 자신이 어머니에게 들은 말이었다.

"자, 배낭 속을 한번 보실까요····· 어머, 정말로 사전과 전문 서적이 잔뜩 들어 있네."

머리로 싸우는 타입이라더니, 실제로 배낭 속은 책으로 꽉 차 있었다. 수학이나 물리 전문 서적, 어려운 말이 실린 사전 등.

"……수상한 물건은 없는 것 같구나."

"당연하죠. 자, 이제 됐죠? 언니."

"어머나?"

배낭을 꽉 채운 책들의 아래쪽. 그중 한 권의 책이 앨리스의 시선을 사로잡았다.

이 책만 이상하리만치 얇았다.

그리고 화려한 분홍색 표지. 이 책은 도대체 뭘까.

"이건 뭐지……? 얍."

"아아아앗?!"

배낭 밑에서 그 책을 끄집어냈더니.

지금까지 여유작작했던 시스벨이 순식간에 파랗게 질렸다.

"어, 언니, 그건!"

"월간『소녀 바이블』? 처음 듣는 잡지인데. 어디 보자."

표지만 봐서는 내용이 뭔지 알 수 없었다.

일단 책을 펼치고 소설 코너를 대충 훑어보다가——.

앨리스는 그 자리에서 딱딱하게 굳어버렸다.

"……수,『수면제를 넣은 술을 남자 친구에게 먹여서…… 잠들었을 때 침대로……』…… 으, 으아아……."

"아, 안 돼요, 언니————, 읽으면 안 돼요——!"

"시스벨!"

책을 빼앗으려고 하는 동생의 손을 탁 쳐내는 앨리스.

그 얼굴은 새빨개져 있었다.

"이게 대체 뭐야————?!!"

연애소설. 그것도 등장인물 대부분이 망측한 꼴로 등장하는 장면밖에 없었다.

아무리 글자로만 되어 있어도 그렇지, 너무나 생생한 그 묘사는 순진한 앨리스의 마음에는 지나치게 강한 자극을 줬다. 세상에 이렇게 탐미적인 어른의 세계가 존재했다니——.

"도대체 나한테 뭘 읽게 하는 거야?!"

"아니, 언니가 마음대로 읽은 거잖아요!"

"그, 그럼, 도대체 뭘 가지고 다니는 거야? 수학 전문 서적이나 사전으로 그럴싸하게 위장해놓고선 어찌 이렇게 엄청나게…… 어, 엄청나게, 파렴치한 것을!"

그렇다. 자세히 보니 잡지 귀퉁이에는 18세 미만 금지라는 연령 제한까지 붙어 있었다. 시스벨은 물론이고 앨리스도 아직은 살 수 없는 잡지인 것이다.

그런데 그 자리에——.

"무슨 일 있나요?"

자매의 소란을 눈치챈 여왕님이 다가오셨다.

"어머? 시스벨도 있었군요."

"어마마마!"

앨리스는 온 힘을 다해 자신이 들고 있는 잡지를 확 내밀었다. 여왕의 가슴팍을 향해.

"어마마마, 이것은 국가의 중대사입니다. 시스벨이 이런 것을 가지고 있었어요!"

"앗, 언니, 그만둬요오오!!"

"……이것은!"

여왕이 눈을 크게 떴다.

"시스벨!"

"아, 아니에요, 어마마마. 이것은——."

"앨리스. 소지품 검사는 당신에게 맡기겠습니다. 저는 지금부터 시스벨과 단둘이 대화를 하고 오겠습니다. 주로 풍기 문란에 관해서."

"꺄아아아아아아아아아앗?! 죄송해요, 죄송해요, 어마마마! 그냥 호기심이 좀 동해서 그랬어요!"

앨리스가 지켜보는 가운데, 소지품 검사 최초로 「유죄」 판결을 받은 여동생은 복도 저 안쪽으로 질질 끌려갔다.

"……악을 처단했구나."

휴 하고 이마의 땀을 닦았다.

하지만 이 정도로 만족할 수는 없었다. 시스벨 같은 예가 실제로 발견된 이상, 역시 검사는 필요한 것이다.

"다음으로 수상한 것은……."

"앨리스 님, 잠깐 괜찮으신가요."

"어머, 슈바르츠?"

이쪽으로 다가온 사람은 양복을 입은 백발노인.

왕가에 충성하는 시종 슈바르츠였다. 그리고 이 노인이 모시는 상대가 방금 「유죄」 판결을 받은 시스벨이었다.

……설마하니.

……시스벨에게 그 책을 전해준 사람이 이 슈바르츠인가?

그렇다면 이것은 중대한 문제다.

"앨리스 님, 혹시 아가씨를 못 보셨습니까? 방에서 나가신 지 오래됐는데 아직 안 돌아오셔서…….."

"시스벨은 지금 어마마마와 같이 있어."

"네? 시스벨 님이 여왕 폐하와 환담을 나누다니, 보기 드문 일이군요. 부모 자식끼리 오붓하게 지내는 거라면 시종인 저로서는 안심이 됩니다만."

"……설교 중이야."

"설교?"

"응. 그러니까 슈바르츠."

늙은 시종을 향해 앨리스는 금속 탐지기를 내밀었다.

"당신도 조사를 해봐야겠어. 수하물 검사야."

"알겠습니다. 여왕 폐하가 점심때부터 실시하시던 그 검사군요."

"맞아. 모두가 평등하게 받는 거야."

슈바르츠는 왕궁에 뼈를 묻은 베테랑 시종이다. 「품행 방정」이란 것이 사람의 모습으로 걸어 다니는 듯한 존재. 그야말로 시종의 귀감이라는 것은 앨리스도 잘 알고 있지만.

……내 동생의 시종이니까, 일단 해보자.

……내 동생이 그런 물건을 가지고 있었으니까.

그 주인에 그 시종이 아니겠는가.

시스벨이 유죄 판결을 받은 이상, 당연히 시스벨의 시종도 철저히 조사해봐야 할 것이다.

"자, 그러니까 수하물 검사를 해보자."

"물론 좋습니다. 앨리스 님, 마음껏 검사해보시죠."

자신만만하게 고개를 끄덕이는 슈바르츠.

실제로 수하물 검사에서 나온 물건은 회중시계, 손수건, 몸단장용 빗밖에 없었다.

완벽했다. 검소하게 필요 최소한의 물건만 들고 다니는 태도. 진정한 시종의 귀감이었다.

"……역시 슈바르츠는 대단해. 흠잡을 데가 없어."

"황송합니다. 그럼 저는 이만 실례하겠습니다."

당당하게 떠나가는 늙은 시종.

현재까지 검사는 순조롭게 진행되고 있었다. 시스벨의 유죄도 밝혀낼 수 있었다. 그런데 이어서 나타난 남자를 보고 앨리스는 살짝 눈살을 찌푸렸다.

"……가면 경."

"오, 앨리스 군. 오늘도 아름답군."

금속 가면을 쓴 훤칠한 사나이.

네뷸리스 3대 왕가 중 하나──앨리스가 속한 「루(별)」 가문과 물밑에서 대립하고 있는 「조아(달)」의 혈족.

이 가면 경이란 남자는 조아의 참모인 백전노장이었다.

"그나저나."

가면 경은 주위를 둘러봤다.

많은 병사들이 집결해서, 이 1층 홀을 방문한 자들의 가방을 검사하고 있었다.

"왠지 성황을 이루고 있는데. 무슨 일이라도 있나?"

"수하물 검사를 하고 있습니다."

"흠? 거참 특이한 취향의 행사를 생각해냈군."

가면 경은 턱에 손을 대면서 묵묵히 생각에 잠겼다.

"그래. 그 검사 대상은 누구인가?"

"이 홀을 방문한 사람들 전원입니다. 예외는 없어요."

물론 당신도 그렇습니다.

이 총명한 남자한테는 굳이 말하지 않아도 뜻이 통할 것이다.

"그런가. 하지만 앨리스 군? 나는 이제 곧 시작될 회의에 참석하려고 온 거야. 수하물이라고 해봤자 보다시피 회의 자료를 넣어둔 서류철밖에——."

삑——.

앨리스가 말없이 들이댄 금속 탐지기가 높은 소리를 냈다.

가면 경의 가슴팍에서.

"서류철밖에, 안 가지고 계신다고요?"

"…………."

"가슴 안쪽에 뭐가 들어 있는지 꺼내서 보여주실 수 있을까요?"

"……허, 정말 조심성이 많구나."

검은색 양복을 입은 남자는 기막히다는 듯이 어깨를 으쓱했다.

그가 품속에서 꺼낸 것은 예상대로 대형 나이프였다. 가면 경은 "호신용이야"라고 했지만, 그런 것치고는 날이 너무 날카로운 물건이었다.

"회의실에 이런 나이프를 들고 들어가시려고요?"

"……흠, 역시 앨리스 군은 제법이야. 언어의 나이프가 날카로운데?"

가면 경은 희미한 쓴웃음을 지었다.

적당히 웃어넘기려는 건가. 앨리스가 순간적으로 그 가능성에 정신이 팔렸을 때——.

"티타임이군. 이만 가봐야겠어."

휙! 하고 소실.

앨리스의 눈앞에서 눈 깜짝할 사이에 남자의 모습이 사라져버렸다.

"앗?! 도망쳤잖아!"

가면 경의 성령은 시공 간섭 계열.

공간이동 능력으로 잽싸게 도망친 것이리라. 아마 "회의 때문에 왔다"는 것도 순 거짓말일 것이다. 실은 이 홀에서 자기들이 무엇을 하는지 정찰하러 온 것이 확실했다.

"……흥, 하여간 남의 신경을 긁는 능력은 천하제일이라니까."

어쨌든 검사는 순조로웠다.

도망치긴 했어도 가면 경의 수하물을 검사함으로써 앨리스는 더욱 자신감을 얻었다.

"자, 다음은 누구지?!"

"앨리스 님, 이런 곳에 계셨나요."

"……어머, 린?"

의욕이 넘치는 가운데.

그런 앨리스 앞에 나타난 사람은 앨리스의 시종인 린이었다.

"무슨 일이야? 린."

"무슨 일이긴요. 앨리스 님이 제멋대로 서재에서 빠져나가셨잖아요. 아직 할 일이 남아 있는데…… 으응?"

린의 시선이 앨리스의 손안에 있는 금속 탐지기에 가 닿았다.

"또 이상한 장난을……."

"장난이 아니야. 이것은 엄연한 일이야. 어마마마께서 부탁하셨다고."

참고로 그 여왕은 시스벨에게 설교하러 가서 아직 돌아오지 않았다. 고로 앨리스가 현장 책임자나 마찬가지였다.

그러니 더더욱 책임이 막중했다.

"린, 이리 와봐."

"네?"

"너를 검사해줄게."

"저도요?!"

린이 놀라서 소리를 질렀다.

설마 나를 검사한다고……? 그런 표정을 짓고 있었다.

"잠깐만요, 앨리스 님?! 저, 저인데요? 앨리스 님을 몇 년이나 모셨다고 생각하시는 거예요? 이 정도면 얼굴만 보고 통과시켜 주셔도 되잖아요?!"

"아냐, 린. 예외는 없어."

앨리스도 이미 여왕에게 검사를 받았다. 이 홀을 방문한 사람 중에 결코 예외란 있을 수 없었다.

"사랑하는 시종이니까 내가 이렇게 직접 조사해주는 거잖아. 이것도 신뢰의 일종이야."

"……그런가요?"

"슈바르츠도 조사했어. 너도 같은 시종으로서 정정당당하게 검사를 받도록 해."

우선 몸수색부터.

린의 허리 쪽으로 금속 탐지기를 가져간 순간, 센서가 새빨갛게 점멸하기 시작했다.

"뭐야, 반응이 있잖아?!"

앨리스도 깜짝 놀랐다.

금속 탐지기가 소리를 낸 것은 가면 경에 이어서 두 번째였다. 아무리 봐도 뭔가 있는 것이 확실했다.

"린! 도대체 뭘 숨기고 있는 거야?"

"네? 아, 이건……."

"스커트 안쪽이구나!"

"앗, 잠깐만요, 앨리스 님?!"

린이 말렸지만 앨리스는 그것을 무시하고 망설임 없이 린의 스커트로 손을 뻗었다가——.

"아얏?!"

날카로운 금속 바늘에 손가락이 찔려 비명을 질렀다.

"……그래서 관두시라고 했잖아요."

린이 한숨을 쉬더니 스커트를 들춰 보였다.

그러자 그 안에서 나이프, 바늘, 와이어 등 금속 탐지기에 걸릴 만한 물건들이 줄줄이 튀어나오는 게 아니겠는가.

"호위용입니다. 저는 앨리스 님의 부하니까요. 이 정도는 언제나 몸에서 떼어놓지 않고 들고 다니는 것이 기본입니다."

"……완전히 깜빡했어."

이것은 앨리스의 실수였다.

바로 직전에 가면 경의 사례도 있었으니까. 무심코 상대가 린이란 것을 잊어버리고 검사에 몰두했던 것이다.

"맞아. 린이라면 금속 탐지기가 소리를 내는 것도 당연하지."

"이해해주셔서 다행입니다. 자, 그럼 저는 이만——."

"아니? 기다려."

떠나려고 하는 린의 등을 향해 앨리스가 차가운 목소리를 던졌다.

"린. 왠지 너답지 않은데?"

"네?"

"평소의 너라면 '앨리스 님이 일하신다면 저도 동석하겠습니다'

라고 하면서 이 자리에 남았을 거야."

지금의 린은 달랐다.

홀에서 신속하게 떠나려고 했다. 앨리스의 여동생과 마찬가지로.

"린, 그 가방을 좀 보여줄래?"

"이, 이거 말이에요?!"

린이 노골적으로 당황했다.

실은 처음부터 신경 쓰였었다. 린이 웬일로 핸드백을 들고 있었던 것이다.

"이 핸드백에는 아무것도 안 들어 있습니다! 그냥 사적인 물건이에요!"

"사적인 물건이니까 검사하는 거야. 자, 내놔!"

"앗?!"

린한테서 가방을 빼앗았다. 그리고 단호한 기세로 가방 속을 들여다봤는데, 그런 앨리스의 눈에 들어온 것은 예상치 못한 물건들이었다.

우유. 아몬드. 채 썬 양배추.

그리고 정체불명의 「발육 레시피」라고 적힌 수제 메모.

"이, 이건…… 저, 저의 점심밥입니다! 그냥 냉장고에 있는 음식을 꺼내온 거예요!"

허둥지둥 말하는 린.

그러나 앨리스는 그런 음식물보다는 저 「발육 레시피」라는 메모에 관심이 있었다.

도대체 무엇의 발육일까?

우유, 아몬드, 양배추?

그리고 몹시 당황하는 린의 모습. 이 모든 요소들을 종합했을 때 나오는 결론은——.

"아, 설마!"

앨리스의 뇌리에 퍼뜩 답이 떠올랐다.

"전부 다 가슴을 키워준다고 소문난 음식들이잖아! 그리고 이 발육이라는 키워드. 린, 설마 너는 가슴을 키우기 위해…… 앗, 린?! 어디 가는 거야!"

"으아아아아아아아아앙!"

린이 뛰쳐나갔다.

체리처럼 얼굴을 새빨갛게 붉힌 채.

"아니에요, 아니라고요! 이것은 그냥 친구한테 받은 거예요오오오!"

"린! 그렇다면 왜 도망치는데?!"

"앨리스 님, 너무해요! 바보오오오!"

이리하여——.

한 명의 죄인과 한 명의 불쌍한 희생자를 발생시키면서 황청의 불시 검사는 종료되었다.

2

그로부터 며칠 후.

황청에서 멀리 떨어진 제국에서 사건이 발생했다.

"잠깐만, 이스캇치. 거기 멈춰 서봐."

"네, 왜요? 리샤 씨."

"후후, 지금부터 소지품 검사를 할 거야."

"……네?"

리샤가 갑자기 불러 세워서 이스카는 그 자리에 멈춰 섰다.

"그게 무슨 말씀이세요?"

이곳은 제국군 제3기지.

제국 병사인 이스카에게는 마치 고향집 마당처럼 익숙한 공간이었다. 그런데 오늘은 입구 앞에서부터 위화감이 느껴졌다.

"잘 봐, 이스캇치. 저쪽에서도 소지품 검사 행렬이 길게 이어지고 있잖아?"

"……그러고 보니 그러네요."

기지 입구에서 정체 현상이 빚어지고 있었다.

도대체 무슨 일인가 했는데. 설마 그런 이유가 있었을 줄이야.

"저, 리샤 씨? 왜 갑자기 소지품 검사를 하는 거예요?"

"흐응? 글쎄, 원래 이런 검사는 불시에 해야 재미있는 거라고 생각하지 않아?"

리샤는 손가락으로 안경 코걸이를 밀어 올리면서 장난스럽게 웃었다.

천제의 참모이자 사도성 제5위인 리샤——제국군의 여자 간부인 이 사람은 과거에 사도성이었던 이스카와는 잘 아는 사이였다.

"사령부 회의에서 결정한 일이야. 최근에는 제국군에서도 심각한 풍기 문란이 눈에 띈다는 이야기가 나왔거든."

"……그래요?"

"그러니까 기지 내의 병사들은 전원 참가해야 해. 이스캇치, 너도 가방을 책상 위에 올려놓고 여기 똑바로 서봐."

이스카는 차렷 자세로 섰다.

그러자 리샤가 손에 들고 있는 금속 탐지기를 그에게 가까이 댔다.

"음―. 반응 없음. 재미없네. 이스캇치, 너 뭔가 숨기고 있는 물건은 없어?"

"……있으면 큰일 나잖아요."

"몸수색 완료. 다음은 소지품 검사야."

책상 위에 놓아둔 이스카의 가방을 마치 자기 것처럼 거침없이 여는 리샤.

그 안을 들여다보더니――.

"어? 뭐야, 수상한 물건이 하나도 없잖아?"

"왜 그렇게 수상한 물건이 나오기를 기대한 듯한 말투로 말씀하시는 거예요……?"

"야한 책은?"

"없거든요?!"

"……어머나?"

그때 리샤의 음색이 달라졌다.

리샤가 가방 속에서 뭔가를 꺼냈다. 그것은 손수건 한 장이었다.

"오, 의외인데. 이스캇치, 꽤 고급스러워 보이는 손수건을 갖고 다니는구나?"

"앗, 그, 그건?!"

저도 모르게 높은 소리가 튀어나왔다.

"응? 왜 그래? 이스캇치. 웬일로 귀여운 소리를 다 내고."

"……아, 아뇨, 그냥……."

이스카는 그저 리샤를 외면하면서 시선을 피하느라 바빴다.

아무리 봐도 평범한 손수건. 리샤가 말한 것처럼 고급품이긴 하지만, 그것의 정체까지 눈치채지는 못할 것이다.

그렇게 믿고 싶었다.

"흠?"

"＿＿＿＿＿＿＿＿＿."

"뭐, 일단 넘어갈까. 수상한 물건은 없는 것 같네."

리샤가 가방과 손수건을 돌려줬다.

"수고했어, 이스캇치."

"……휴."

"오, 뭐야. 그렇게 불안했어?"

"아, 아뇨, 아뇨, 아닙니다! 당연히 문제가 없을 거라고 확신했으니까요! ……아, 아하하……."

방금 받은 손수건을 재빨리 가방 속에 다시 넣었다.

아니, 다시 숨겼다는 표현이 정확할 것이다.

……아──, 위험했다.

……설마 이것을 발견할 줄이야. 리샤 씨는 날카로우니까 혹시나 들키지 않을까? 하고 걱정했었다.

리샤가 발견한 고급 손수건.

애초에 이것은 이스카가 산 물건이 아니었다.

자신의 라이벌──빙화의 마녀 앨리스가 「답례」라면서 건네준 것이었다. 황청에서 판매되는 물건이니까 만에 하나라도 들켰다간 큰 문제가 되었을 것이다.

"……불안해서 죽는 줄 알았네."

"이스캇치."

"네, 네?! 리샤 씨?!"

"이 검사 말인데──, 역시 병사들을 하나하나 모조리 검사하다 보니 시간이 오래 걸리네."

리샤가 어휴 하고 한숨을 쉬었다.

"이스캇치도 좀 도와줘."

"이 검사를요?"

"응, 응. 사실 이 검사는 재미있거든. 작년에도 굉장했다니까?"

리샤는 참으로 사악한 미소를 지으며 말했다.

"저번 검사는 노다지였어, 노다지. 엄청난 것들이 쏟아져 나왔지."

"……구체적으로는 뭐였는데요?"

"글쎄, 그때 나는 사령부 간부한테 '비밀로 해주면 올해 보너스는 20% 올려주겠다'라는 제안까지 받았다니까. 그 덕분에 작년에는 우아한 생활을 즐길 수 있었어."

"그걸 그냥 눈감아주면 어떡해요?!"

"에이, 뭐 어때. 아무튼 이스캇치, 너한테 맡길게."

"……아침 연습 시간까지만 할 거예요."

금속 탐지기를 건네받은 이스카도 검사장 텐트 안으로 들어갔다.

그곳에는 이스카가 잘 아는 사람이 있었다.

"어, 진?"

"응? 뭐야, 이스카. 너였냐."

은발 저격수 진.

이스카와 같은 제907부대 소속인 청년이 때마침 검사장 텐트 안으로 들어온 것이다.

"네가 검사원이야?"

"……리샤 씨가 그 일을 나한테 부탁, 아니, 떠넘겼어."

"응, 그럴 줄 알았어."

진이 가방을 책상 위에 놓았다.

이스카가 뭐라고 말하지 않아도 그는 스스로 가방을 열어 보이더니──.

"자, 봐."

"……수상한 물건, 없음."

"당연하지. 애초에 이런 기지 안에서 남한테 의심받을 만한 물건을 들고 다니는 녀석이 있겠어?"

진이 탄식했다.

금속 탐지기도 당연히 문제없이 통과하고 산뜻하게 텐트 밖으로 나갔다.

"그럼 안녕, 이스카. 아침 연습 때까지는 돌아와."

"알았어. 미스미스 대장님과 네네에게도 잘 말해줘."

그렇게 말한 이스카의 등 뒤에서——.

묘하게 다급한 발소리가 들려온 것은 바로 그때였다.

"꺄아아아아아악?! 리, 리샤야, 뭐 하는 거야?!"

"에이, 괜찮아, 괜찮아——. 그냥 간단히 불시 검사를 하는 거라니까?"

리샤에게 팔을 붙잡힌 채 또 한 사람이 검사장 텐트 안으로 끌려 들어왔다.

커다란 배낭을 짊어지고 있는 조그만 여자 병사——.

"앗, 미스미스 대장님?!"

"이스카 군, 도와줘!"

이쪽을 보자마자 미스미스 대장님이 작은 손을 힘껏 내밀었다.

"리샤가 나를 납치하려고 해!"

"아니, 미스미스가 내 눈앞에서 걸어가니까 말을 걸었을 뿐인데. 그랬더니 얘가 달아나려고 했다니까?"

"……윽."

연행되어 온 미스미스는 마침내 체념하고 배낭을 내려놨다.

"······아, 아무것도 없거든?!"

"흐응? 그럼 우선 몸수색부터 해볼까. 아, 이스캇치. 그동안 너는 미스미스의 배낭을 조사해줘."

"아무것도 없다니까?!"

"응, 조사 결과를 기대할게. ······흠, 그렇군. 정말로 금속 탐지기는 반응을 안 하네."

의혹은 사라졌다.

그러나 리샤는 여전히 의심하는 것 같았다. 불신하는 태도로 팔짱을 끼면서 말했다.

"이스캇치, 그쪽은 어때?"

"수상한 물건은 없어요."

미스미스의 짐을 조사하는 이스카.

배낭의 수납공간을 하나하나 살펴봤지만 수상한 물건은 들어 있지 않았다.

"역시 대장님답네요. 규율을 완벽하게 지키시는 모습을 보니 부하인 저도 어깨가 으쓱거립니다."

"응? 아, 아하하······ 어, 그, 그렇지. 나는 대장이니까······."

어쩐지 미스미스 대장의 태도가 애매해 보였다.

부하인 이스카와도 눈을 맞추려 하지 않고, 배낭을 짊어지고 황급히 등을 돌리더니.

"그, 그럼 난 이만 갈게. 이스카 군, 너도 계속 열심히——."

"잠깐 기다려."

"꺄악?!"

"왜 이렇게 겁을 먹었어? 미스미스."

리샤의 눈이 번쩍 빛났다.

"저기, 미스미스? 정말로 숨기는 게 하나도 없어?"

"숨기는 거 없거든?! 이스카 군이 검사해서 수상한 물건은 하나도 못 찾아냈잖아?!"

"……흐응? 정말일까?"

미스미스가 등에 지고 있는 배낭을 열더니 리샤는 그 안을 들여다봤다.

"점심때 먹을 도시락, 갈아입을 옷, 물통. 그렇군. 확실히 언뜻 보면 수상한 물건은 하나도 없어 보이네."

"응, 내가 아까부터 그렇다고——."

"그럼 이건 뭐야?"

리샤가 손을 내밀었다.

배낭 속에서 꺼낸 것은 물통이었다.

"이건 뭔데? 미스미스."

"앗, 그, 그건?!"

미스미스 대장의 낯빛이 달라졌다.

이스카와 리샤의 눈앞에서 그 귀여운 동안이 순식간에 딱딱하게 굳어졌고.

"그, 그건 평범한 물통이야. 보면 알잖아? 훈련을 한 다음에 마시는 프로틴 주스야!"

"프로틴 주스라고?"

물통 뚜껑을 여는 리샤.

그리고 그 내용물을 투명한 컵에 부었는데──.

"앗?!"

이스카는 제 눈을 의심했다.

프로틴 주스가 아니었다.

걸쭉하게. 물통에서 흘러나온 것은 반짝반짝 윤기가 나는 갈색 액체였다. 그것이 무슨 액체인지는 이스카도 금방 눈치채진 못했다.

그러나.

"어? 아니, 설마 이건……!"

냄새를 맡자마자 이스카의 뇌리에 뭔가가 떠올랐다.

액체에서 풍겨 나오는 약간 새콤하고 달콤한 냄새. 그것은 누구나 한 번쯤은 밥상에서 맡아본 적이 있는 냄새──.

"설마, 불고기 양념이에요?!"

"끄헉?!"

망했다.

그런 마음의 비명 소리가 미스미스 대장의 표정을 통해 드러났다.

"이스카 군, 정신 차려! 이것은 프로틴 주스야!"

"하지만 이 색깔과 냄새는……."

"프로틴 주스도 초콜릿 맛이나 요구르트 맛 같은 게 있잖아? 이것은 불고기 양념 맛이야!"

"그게 말이 돼요?!"

"상사인 나를 믿어줘, 이스카 군!"

가슴에 손을 대고 말하는 미스미스 대장.

촉촉한 눈동자로 가만히 이쪽을 쳐다보고 있었다.

"내가 내 부하인 이스카 군을 배신할 거라고 생각해?!"

"아뇨."

"내가 이 제국군 기지의 잔디밭에서 밤마다 몰래 혼자서 고기를 구워 먹는 상사일 거라고 생각해?!"

"네, 그건 그렇게 생각해요."

"이스카 군————?!"

"후. 후. 후."

리샤가 미스미스의 양어깨를 꽉 붙잡더니 무서운 미소를 지었다.

"드디어 잡았다. 범인."

"……으, 응? 리샤?!"

"최근에 기지에서 원인 불명의 소규모 화재가 발견됐었는데. 설마 화기 엄금인 잔디밭에서 고기를 구워 먹는 사람이 있을 줄은 몰랐어."

"아앗, 죄송합니다앗————?!"

미스미스 대장은 불고기 양념을 그 자리에 남겨둔 채 줄행랑을 쳤다.

"……나 참. 숯불구이용 숯이 잔디밭 위에 흩어져 있어서 혹시나? 하고 생각했는데. 역시 범인은 미스미스였구나."

리샤는 한숨을 쉬었다.

그리고 도망치는 미스미스를 뒤쫓아 텐트 밖으로 뛰쳐나가더니──.

"오?"

그때 마침 눈앞을 지나가고 있던 붉은 머리 소녀를 불러 세웠다.

"저기, 네네땅. 이리 와봐."

"네? 리샤 씨, 무슨 일이에요? 이스카 오빠도 있었네?"

네네가 이쪽을 돌아봤다.

진, 미스미스 대장, 그리고 네네. 모두 다 같은 제907부대 대원이었다.

"네네땅, 지금 불시 소지품 검사를 하고 있어. 그러니까 네네땅도 하자, 응?"

"네?!"

네네가 흠칫 하고 몸을 떨었다.

평소 천진난만한 네네가 저렇게 놀라다니. 이스카가 보기에도 부자연스러운 태도였다.

"저, 저기요, 리샤 씨……. 네네는 지금 좀 볼일이 있어서…… 우선 회의실에 간 다음에 검사하면 좋겠는데요…….."

"안 돼──. 자, 배낭을 책상 위에 내려놔. 알았지?"

리샤한테 포획당한 네네.

참고로 도망쳐버린 미스미스 대장은 리샤의 부하가 현재 추적하는 것 같았다.

"자, 과연 뭐가 나올까?"

리샤가 설레는 얼굴로 배낭 속을 들여다봤다.

"······드라이버, 전동 드릴, 톱, 줄, 목공 퍼티?"

"그, 그냥 평범한 기계 공구예요. 어때요, 리샤 씨? 수상하지 않죠?"

"······흠."

배낭 속을 들여다보면서 리샤는 고개를 끄덕였다.

"기지에 가져오면 안 되는 물건은 없는 것 같네. 네네땅은 평소에도 우수하니까 적당히 믿어줄까?"

"······어? 이건 뭐지?"

그때 이스카가 끼어들면서 반사적으로 그런 말을 했다.

배낭 밑바닥——.

그곳에 달려 있는 지퍼를 발견해버린 것이다. 마치 배낭 밑바닥도 열 수 있다는 것을 보여주는 듯한 지퍼였다.

"이거 혹시 이중 바닥······."

"아아아아아아아아아아아앗!"

네네가 소리를 질렀다.

"이스카 오빠, 그건 안 돼애애!"

그러나 이미 늦었다. 이스카의 지적을 받고 눈치챈 리샤가 재빨리 배낭의 이중 바닥을 열고, 거기 숨겨져 있던 물건을 꺼낸 것이다.

그것은——.

"어머? 잡지잖아?"

한 권의 잡지였다.

묘하게 얇은 두께. 그리고 화려한 분홍색 표지가 특징적이었다.

"……리샤 씨, 이스카 오빠…… 그, 그건. 그러니까……."

"월간 『소녀 바이블』? 처음 듣는 잡지인데. 어디 보자, 연애소설인가? 이스캇치, 너도 같이 보자."

일단 책을 펼치고 소설 코너를 대충 훑어보다가——.

이스카는 그 자리에서 딱딱하게 굳어버렸다.

"……수, 『수면제를 넣은 술을 남자 친구에게 먹여서…… 잠들었을 때 침대로』………… 으, 으아아……."

"아, 안 돼, 이스카 오빠! 읽으면 안 돼————————!"

"요즘 애들은 굉장한 것을 읽는구나."

"리샤 씨, 그만해요——?!"

단순한 연애소설 같은 것이 아니었다.

이스카는 물론이고 리샤 씨까지도 얼굴을 붉힐 정도로 자극적인 내용이었다.

"네네땅…… 그렇게 귀여운 네네땅이 설마 이런 성인용 책을 읽을 줄이야!"

"아니에요, 리샤 씨!"

"게다가 이거 자세히 보니까 18세 미만 금지라고 적혀 있잖아?

제국군 규율과는 별개지만, 이건 좀 좋지 않을지도⋯⋯."

"아니라고요!"

네네가 버럭 소리를 질렀다.

텐트 전체에 울려 퍼질 정도의 성량으로.

"이건, 그러니까⋯⋯ 네네의 친구가 빌려준 건데⋯⋯ 그게⋯⋯ 으, 으아아아아아아아앙!"

그러더니 달아나기 시작했다.

"이스카 오빠 너무해, 바보오오오오!"

"왜 나한테 그래?!"

이스카도 악의는 없었다.

우연히 배낭의 이중 바닥을 발견하고 무심코 소리 내어 말했을 뿐이다. 설마 그런 예상외의 물건이 발견될 줄은 몰랐다.

"⋯⋯네네에게 미안한 짓을 해버렸네."

"아냐, 괜찮아. 이스캇치. 설령 소녀의 비밀을 엿봤다 해도, 이게 다 제국군의 풍기를 지키기 위한──."

리샤가 그렇게 말을 마치기도 전에.

슬렁.

텐트 안이 확 조용해졌다. 왁자지껄 잡담을 하면서 서 있던 검사원들이 황급히 입을 다물고 정렬하기 시작했다.

"야──. 나 왔다."

『⋯⋯소지품 검사라고? 시시하군. 우리들까지 대상으로 삼다니. 도대체 어디 사는 멍청이냐? 이런 짓거리를 생각해낸 녀석은.』

이질적인 두 사람.

병사들이 긴장한 표정을 짓는 가운데 두 사람이 텐트 안으로 들어왔다. 다른 제국 병사들과는 확연히 다른 남녀였다.

"아하하. 네임리스야, 네가 가지고 있는 나이프들은 모조리 금속 탐지기에 걸리는 거 아냐?"

비스킷을 먹으면서 텐트에 들어온 사람은 야성미 있는 조그만 여자 병사였다.

사도성 제3위 메이.

그런 메이의 옆에 서 있는 사람은──.

『………….』

"오? 네임리스야, 왜 그래. 정곡을 찔렸니?"

『기가 막혀서 그런 거다. 설마 내 나이프가 금속 탐지기에 반응할 거라고 진심으로 생각하는 것은 아니겠지?』

그는 머리에서 발끝까지 온몸을 진회색 코트 슈트로 감싸고 있는 남자였다.

사도성 제8위 네임리스.

제국군 첩보 부대 출신이며, 제국군에서 제일가는 육체능력의 소유자로 알려진 남자였다. 그들은 둘 다 천제의 호위를 맡은 제국군 간부였다.

"아, 여기예요. 둘 다 이리 와봐요."

위축된 병사들 틈에서 리샤가 생글생글 웃으며 두 사람을 환영했다.

"거기에 짐을 놔줘요."

"오케이."

메이가 어깨에 걸치고 있던 가죽 가방을 툭! 하고 내던졌다.

한편 그 옆에 있는 네임리스는 어떤가 하면.

『내가 뭘 가지고 있는 것처럼 보이나?』

놀랍게도 빈손이었다.

수상한 물건은 소지하지 않았다는 점에서는 100점이었지만, 제국 병사로서의 적정한 휴대품조차 소지하지 않았다는 점에서는 0점이었다.

"어이구, 네임리스. 회의 자료는? 오늘은 천제 폐하도 보시는 회의가 있는데?"

『모든 것은 내 머릿속에 집어넣었다.』

리샤의 지적에도 전혀 기죽지 않는 네임리스.

"흐응. 뭐, 일단은 괜찮다 치고 넘어가볼까? 그럼 다음은⋯⋯ 아니, 메이 씨?! 이게 뭐예요?!"

메이의 가방을 열어본 리샤가 비명을 질렀다.

"완전히 텅 비었잖아요?!"

"응? 아니, 육포랑 비스킷이 들어 있잖아?"

"회의 자료는 어쨌는데요? 설마 네임리스처럼 당신도 머릿속에 집어넣고――."

"아니? 전혀 아니야."

"그럼 자료를 들고 와주세요!"

"리샤야, 오늘 회의에서는 같이 앉자."

"……내 자료를 보려는 거죠?"

휴 하고 리샤가 한숨을 크게 내쉬었다.

상대가 부하였다면 당장 혼냈을 테지만, 메이는 리샤와 같은 사도성이었다.

"……뭐, 일단 알았어요. 어차피 내가 혼나는 것도 아니니까. 자, 둘 다 빨리 가요, 가. 난 바쁘다고요."

『애초에 나를 부른 사람은 네놈이잖아.』

"어, 그럼 갈게ㅡ."

탄식하는 네임리스.

어슬렁어슬렁 떠나가는 메이.

둘 다 역시 사도성답다고 해야 할까. 너무나 개성적인 두 사람이었다.

"……휴. 이걸로 끝인가?"

리샤가 한숨 돌리면서 이마의 땀을 닦았다.

"좋아, 이스캇치. 우리도 원래 직무로 돌아갈까?"

"네, 이제 아침 연습이 시작될 시간이니까요. 저는 훈련을 해야 하고, 리샤 씨도 회의하러 가야 하죠?"

제국군의 일과가 시작된다.

이미 많은 병사들이 출근했다. 기지 입구에서 기다려봤자 이제는 아무도 지나가지 않을 것이다.

그렇게 생각했을 때ㅡ.

"헉…… 헉…… 이것은 정말, 큰 오산이었어요! 설마 자명종이 두 개 다 동시에 고장 날 줄이야!"

몸집이 작은 여대장이 숨을 헐떡이며 이쪽으로 뛰어왔다.

"이 피리에 인생 최대의 불찰입니다. 늦잠을 자서 지각하다니, 이런 실수는 절대로 하면 안 되는──."

"피리에 대장님?"

"어머나, 피리잖아?"

그런 여대장을 보자마자 이스카와 리샤는 동시에 소리를 냈다.

피리에 커먼센스 대장.

촉촉해 보이는 까만 머리카락과 청초한 외모를 지니고 있지만, 가슴속에는 무시무시한 출세욕을 숨기고 있는 야심가였다. 틈만 나면 미스미스 대장한테 라이벌 의식을 불태우는 것도 주지의 사실이었다.

"피리야, 여기야, 이쪽으로 와봐."

"……리샤 선배님?!"

리샤가 부르자 피리에는 눈을 반짝반짝 빛내며 돌아봤다.

"안녕하세요, 리샤 선배님! 선배님이 제게 말을 걸어주시다니…… 드디어 저를 사령부에 들어가도록 추천해주시는 날이 온 거군요?!"

"아닌데."

"……그, 그런가요. 하지만 그렇게 냉정한 리샤 선배님도 멋있어요. 그런데 저에게 무슨 볼일이 있으신가요?"

빤히.

피리에 대장이 리샤 옆에 서 있는 이스카를 쳐다봤다.

"어? 자세히 보니 이 사람은 미스미스의 부하잖아요. 저는 이래 봬도 바쁩니다. 아침 연습을 하러 가야 해서요. 볼일이 있으면——."

"소지품 검사입니다."

"……네?"

"사령부의 방침에 따라 기지 내 병사들의 몸수색 및 소지품 검사를 하게 되었습니다. 피리에 대장님이 마지막이에요."

"~~~~~소, 소지품 검사라고요?!"

펄쩍 뛰었다.

그 직후. 윤기 나는 까만 머리카락이 흐트러질 정도로 힘차게 뒤로 점프해서 물러났다.

"거, 거절하겠습니다!"

"……피리에 대장님?"

"가까이 오지 마세요, 미스미스의 부하! 품행 방정한 제가, 수상한 물건을 소지하고 있을 리 없잖아요?!"

"네. 그러니까 그걸 확인하기 위해 검사를 하려고……."

"치한이야!"

"치한?!"

"저, 저한테 손대면 소리를 지를 거예요! 당신은 평생 치한이라고 낙인찍힐——."

"저기, 피리야?"

리샤가 등 뒤에서 피리에 대장을 꽉 껴안듯이 붙잡았다.

"너무 당황하는 거 아냐? 그토록 동요하는 것을 보니까 왠지 검사하는 보람이 있을 것 같은데."

"리샤 선배님?!"

"자, 이스캇치. 피리의 가방을 열어봐."

"꺄아아아아아아악, 아, 안 돼요. 제 가방에 손가락 하나라도 댔다간…… 으읍?!"

"피리는 좀 조용히 해."

리샤가 피리에를 제압했다.

"지금이야, 이스캇치!"

"알았어요."

딱 봐도 고급스러워 보이는 명품 가방. 제국 병사가 기지에 가져오는 가방치고는 너무 화려한 그 가방을 열고, 안에 있는 물건들을 차례차례 꺼냈다.

"리샤 씨, 접이식 우산입니다."

"그건 통과. 다음."

"연습할 때 갈아입을 옷 한 벌입니다."

"좋아, 다음."

"스포츠 음료."

"좋아, 다음."

"노트형 전자 단말기."

"!"

피리에가 숨을 들이켰다.

그 약간의 동요를 리샤는 놓치지 않았다.

"그거야! 이스캇치, 그 전자 단말기가 수상해. 데이터를 검열해봐!"

"네. 아, 하지만 안 되겠는데요. 리샤 씨. 켜지긴 하는데 잠겨 있어요."

"그렇대, 피리야. 패스워드. 가르쳐줄 거지?"

"…………."

침묵하는 피리에.

잠시 후.

"……이, 잊어버렸어요."

"시치미를 떼는 거야? 흠, 좋아. 그럼 하나씩 전부 다 입력해보자. 이스캇치, 『0909』를 입력해봐."

"이 숫자는 뭐죠?"

"피리의 생일."

"앗, 잠금이 해제됐어요."

"헉, 이럴 수가아아앗?!"

피리에의 비명이 울려 퍼졌다.

거기에 표시된 것은 수백 줄이나 되는 피리에 대장의 『일기』였다.

"이스캇치, 읽어봐."

"네, 그러면……. 『오늘은 제도의 백화점에서 쇼핑을 했다. 사령부의 참모 A의 환심을 사려면 과자보다는 와인이 좋다. 어차피 음식 맛도 모르는 노인이니까 무조건 고급품을 사면 된다. 여자 간부 B는 작년에 아이가 태어났으니까 인형을 선물하자. 이로써 다음 시험에서는 상위권 확정』——아니, 잠깐만요. 이거 완전히 뇌물이잖아요?!"

상사에게 선물을 줘서 비위를 맞춘다.

그리하여 자신에 대한 평가 점수를 높이려고 하는 행위. 참으로 알기 쉬운 부정행위였다.

"리샤 씨, 이건 문제네요……."

"이스캇치, 계속 읽어봐."

"네. 『하지만 역시 중요한 타깃은 사도성 리샤 선배님이다. 어떻게든 미스미스를 그 자리에서 끌어내리고 내가 리샤 선배님의 총애를 받게 된다면, 올해야말로 틀림없이 사령부에 들어갈 수 있을 거야』…… 우와……."

"저기, 피리야? 넌 그렇게까지 나를 이용하고 싶니?"

"아뇨, 아닌데요?!"

리샤에게 어깨를 꽉 붙잡힌 피리에가 필사적으로 몸부림을 쳤다.

"이것은 오해입니다! 틀림없이 해커의 소행입니다. 누군가가 제 전자 단말기에 접근해서 메모의 내용을 멋대로 고친 것이 확실합니다!"

"저기, 누가 좀——. 사령부에 연락해봐——."

"네에에에에에에에엣?!"

그대로 연행되어 가는 피리에 대장.

이제 사령부에서 호되게 혼나고 반성문을 제출하게 될 것이다.

"이야, 이거 마지막에 월척을 낚았네."

만족스럽게 팔짱을 끼는 리샤.

큰일을 해냈다는 충실감이 가득한 미소를 지으며 말했다.

"정의로운 일을 하면 기분이 좋단 말이지…… 응?"

리샤가 어리둥절하여 눈을 깜빡였다.

어느새 리샤의 양팔을 좌우에서 누군가가 각각 붙잡고 있었기 때문이다.

"네임리스? 메이 씨?"

놀랍게도 그것은 사도성 두 사람이었다.

아까 텐트에서 나갔던 두 사람이 이곳으로 돌아온 것이다.

"……저기요, 이게 도대체 무슨……?"

"있잖아, 리샤야."

『마지막 한 사람이 아직 안 끝났잖아?』

이스카가 넋 놓고 지켜보는 가운데.

지금 이 순간까지 홀로 고고하셨던 리샤가 놀라서 눈을 부릅 떴다.

"서, 설마?!"

"그래. 리샤에 대한 검사가 아직 남아 있잖아."

『우리만 검사해놓고, 설마 너 혼자만 도망칠 수 있을 거라고 생각했냐?』

네임리스가 리샤를 구속했다.

움직이지 못하는 리샤. 그 앞에서 메이가 꺼낸 것은 제국군 표준 장비인 배낭이었다.

"그건, 내 가방……?!"

"리샤의 사물함에서 가져왔어. 자, 어디 내용물을 한번 보실까."

"메, 메이 씨, 그러면 안 되거든요?! 그, 그 가방에는 엄청난 기밀이 들어 있어요. 천제의 참모인 나만 봐야 하는 중요한 서류가 아아아앗!"

"……흐응?"

메이가 이쪽을 돌아봤다.

배낭 속에서 끄집어낸 듯한 캔 맥주를 움켜쥔 채.

"저기, 리샤야. 그 중요한 서류라는 게, 차갑게 식혀놓은 이 캔 맥주를 말하는 거냐?"

"그, 그건~~~~~?!"

"아직도 뭐가 많은데?"

메이가 배낭을 뒤집었다.

와르르 쏟아지는 캔 맥주. 두 개, 세 개 정도의 소박한 양이 아니었다.

"아아아아아악!"

리샤의 비명.

굴러가는 캔 맥주를 주워 모으려고 했지만 이미 엎질러진 물이었다. 이스카뿐만 아니라 이 텐트에 있는 모든 병사들이 이 광경을 처음부터 끝까지 목격하고 말았다.

"리샤야, 근무 시간에 음주를 하는구나?"

『엄연한 군율 위반이다. 천제 폐하가 알면 어떻게 될까?』

"이, 이건, 그런 게 아니거든요?!"

리샤가 허둥지둥 고개를 옆으로 흔들었다.

"이건 그러니까…… 누군가가 제멋대로 내 배낭 속에 집어넣은 캔 맥주인 게 확실해요! 안 그래? 이스캇치!"

"…………."

"으, 으응?"

"……저한테 그런 말씀을 하셔도…….."

"이스캇치————————?!"

『확정이군.』

철컥! 하고.

네임리스의 수갑이 리샤의 두 손목을 구속했다.

『변명은 사령부에 가서 듣도록 하지.』

"가자, 리샤야. 너도 참 바보구나─. 술보다는 탄산음료가 1억 배는 더 맛있는데."

"꺄아아아아악?!"

메이와 네임리스에게 붙잡혀 끌려가는 리샤.

"나는…… 나는…… 쉴 새 없이 계속 야근만 하느라 스트레스가 쌓여서 그랬던 건데에에에에에에!"

연행되는 리샤가 텐트 밖으로 사라져갔다.

그리고 덩그러니 그곳에 남겨진 이스카는.

"……제국군. 이래도 괜찮은 걸까?"

불안하기 짝이 없는 소지품 검사의 결말을 곱씹으며 한숨을 쉬었다.

File.02

너와 나의 최후의 전장,
혹은
무술 마스터가 된 왕녀?

the War ends the world /
raises the world
Secret File

1

마녀의 낙원 『네뷸리스 황청』.

그곳의 왕궁 의무실에서 앨리스의 비통한 외침 소리가 울려 퍼졌다.

"린, 정신 차려! 린!"

"…………."

"린?!"

침대에 누워 있는 갈색 머리 소녀 린. 전혀 눈을 뜰 기미가 보이지 않는 그 소녀를 끌어안은 채 앨리스는 눈물을 흘리고 있었다.

"린, 제발 부탁이야. 눈을 떠!"

"──이미 늦었습니다."

"어마마마!"

방에 들어온 사람은 여왕, 즉 앨리스의 어머니였다.

"린은 최근에 계속 피곤해했습니다. 마음고생이 극도로 심했던 거죠. 시종으로서의 피로가 쌓인 것 같습니다."

"네?!"

"앨리스. 당신은 린에게 지나치게 의지하면서 과도한 부담을 강요한 게 아닌가요?"

"……그럴 수가…… 저는, 그럴 생각은 없었는데!"

앨리스가 머리를 싸쥐었다.

그런 앨리스의 눈앞에서 침대에 누워 있는 린이 경련하기 시작했다.

"쿨럭…… 쿨럭……!"

"좀 전에 의사가 말했습니다. 린은 이제 길어봤자 1주일밖에 못 삽니다."

"뭐라고요?!"

기침하는 린을 보면서 앨리스는 비명을 질렀다.

"린, 눈을 떠, 제발 부탁이야!"

——린에게 무슨 일이 일어났을까. 사건의 발단은 어제 있었던 일이다.

"앨리스 님!"

시종 린은 아침부터 자기 주인인 앨리스를 나무라고 있었다.

"또 정례 회의에 빠지셨네요! 앨리스 님이 나타나지 않아서 대신이 얼마나 난처해했는지 아세요?!"

"……그냥 머리가 좀 아파서 그랬어."

"아니, 회의 전에는 아주 건강하게 점심을 드셨잖아요?!"

앨리스는 차기 여왕이라는 소리도 자주 듣는 왕녀였다.

동화에 나오는 요정처럼 사랑스러운 외모. 늠름한 기품. 약관 17세의 나이인데도 어른 뺨치게 조숙한 몸매. 더구나 성령술사로서도 최강 레벨.

흠잡을 데가 없는 왕녀였다.

그러나 또 한편으로는…….

앨리스는 왕녀로서의 업무를 무척 싫어하는 땡땡이 상습범이기도 했다.

"틈만 나면 왕궁에서 탈출해 놀러 나가고, 왕녀의 직무인 회의나 서류 작업도 나한테 떠넘기고…… 더는 못 참아요. 오늘은 정말로 가만 안 둘 거예요!"

린은 주먹을 불끈 쥐고 소리쳤다.

"감히 한 말씀 올리겠습니다! 앨리스 님은 왕녀라고 하기에는 좀 심하게 자유분방하십니다!"

원인은 알고 있었다.

전적으로 린 자신이 원인이었다.

린이라는 너무 우수한 시종이 있기 때문에 앨리스는 '어차피 린이 다 알아서 해줄 테니까……' 하고 왕녀의 직무를 소홀히 해버리는 것이다.

"회의에 참석하고! 교양을 쌓기 위한 공부도 하고! 아침 모임에도 착실하게 나가고! 그것이 미래의 여왕이 되기 위한 첫걸음입니다!"

"싫어."

"아니, 앨리스 님?!"

"나는 왕녀야. 그러니까 왕궁 내부에만 신경 쓰면 안 된다는 사실을 깨달았어. 성에서 나가 거리를 산책하고 견문을 넓힌다. 이 것도 중요한 일이잖아?!"

"상점가에서 맛있는 빵 또는 아이스크림이나 사 먹고, 영화관 에서 영화나 보는 게 다잖아요?!"

"응, 그러면 되는 거야!"

앨리스는 당당하게 가슴을 활짝 폈다.

"나는 새로운 왕녀가 되고 싶어. 정해진 일이나 스케줄에 얽매 이다니, 그게 새장에 갇힌 새와 뭐가 달라?! 진정한 왕녀라면 자 신의 의지로 하루하루를 살아가야 해!"

"……또, 또— 그렇게 황당한 논리를 펼치시네요."

"그러니까 난 밖으로 나갈게!"

"앗?! 잠깐만요, 앨리스 님?!"

붙잡을 틈도 없이.

눈 깜짝할 사이에 방에서 뛰쳐나간 앨리스의 뒷모습을 멍하니 바라보면서 린은 한숨을 쉬었다.

"……어휴. 장래에 여왕이 되실 분이 이러면……."

"곤란한 것 같네요, 린."

"여왕님?!"

앨리스와 교대하듯이 들어온 사람은 앨리스의 어머니인 여왕 이었다.

"……보셨습니까?"

"당신이 고생이 많아요. 린. 정말이지 앨리스는……."

여왕이 깊은 한숨을 내쉬었다.

"하지만 이게 좋은 기회일지도 모릅니다. 린. 나와 함께 연극을 한번 해보죠."

"……그게 무슨 말씀이십니까?"

"앨리스를 개과천선하게 만드는 겁니다."

여왕의 눈이 빛났다.

"앨리스가 저토록 자유분방한 것은 당신이 곁에 있기 때문입니다. 린. 자신이 노력하지 않아도 린이 있으니까 괜찮다. 그런 여유가 앨리스를 나태하게 만들어버리는 거죠."

"……하긴, 그래요."

"그러니까 린, 당신은 마음고생으로 몸져누운 것처럼 연기를 해줘야겠습니다."

여왕의 시나리오는 이러했다.

앨리스가 자꾸 제멋대로 구는 바람에 지쳐버린 린이 마음고생을 하다가 쓰러져버리는 것이다.

"그러면 앨리스도 반성할 겁니다. 린에게 폐를 끼치면 안 되겠다. 그렇게 생각하고 왕녀의 업무에도 진지하게 임하게 될 거예요."

"그렇군요!"

"쇠뿔도 단김에 빼라고 했습니다. 내일 아침에 결행합시다."

그리고 다음 날——.

린의 연기에 앨리스는 완전히 속아 넘어가 버렸다.

그리하여 다시 의무실로 시선을 옮기자면.

침대에 누워 있는 린(연기 중)은 확신했다. 자기들의 계획이 원하던 대로 잘 진행되고 있다는 것을.

“…………애, 앨리스 님.”

“린?! 깨어났구나!”

“……아, 네…….”

린은 힘없이 눈을 떴다.

숨쉬기 힘든 것처럼 헐떡이고 있었지만, 이것도 주인을 속이기 위한 연기였다. 그리고 린을 보는 앨리스는 완전히 그걸 믿고 있었다.

“……앨리스 님…… 부탁이 하나 있습니다.”

“말해봐!”

“부디…… 앞으로는…… 시종에게 폐를 끼치지 않는, 왕녀가 되어주세요…….”

“될게! 꼭 될 거야!”

눈이 새빨개진 채 고개를 끄덕이는 앨리스.

“약속할게!”

“……앞으로는…… 댄스 수업을 안 듣고 도망쳐서 영화를 보러 가지도 않고, 중요한 서류 뒷면에 낙서를 하지도 않는 왕녀가 되어주시겠어요……?”

“당연하지!”

히죽.

린은 속으로는 "걸려들었군요!" 하고 어깨춤이라도 추고 싶어졌지만, 여기서 연기란 것을 들키면 말짱 도루묵일 것이다.

"쿨럭…… 쿨럭!"

"린?! 많이 아프구나!"

"……저, 저는 괜찮으니까, 앨리스 님…… 제발 약속해주세요. 훌륭한 왕녀가 되겠다고……."

"될게! 약속할게!"

"……그러면…… 다음 회의에도 착실하게 가주실 거죠?"

"안 가!"

"네?!"

무심코 연기란 것도 잊고 되물어봤다.

지금 주인이 뭐라고 말한 거야?

"회의 따위에는 갈 수 없어!"

앨리스는 눈물을 힘주어 닦으면서 말했다.

"나의 소중한 시종이 이렇게 중태에 빠졌는데, 태평하게 회의 같은 것에 참가할 수는 없잖아!"

"……네? 아니, 저는 앨리스 님이 회의에 참가하지 않아서 마음고생을 한 건데——."

"린, 기다리고 있어!"

앨리스가 린의 손을 꽉 잡았다.

"너를 치료할 수 있는 약을 찾아올게. 그래, 이러고 있을 때가 아니야!"

자리에서 벌떡 일어났다.

거침없이 외출용 코트를 걸쳐 입더니.

"나 한동안 성을 비울게. 1주일 안에는 돌아올 테니까 푹 쉬고 있어!"

"앨리스 님————?!"

역효과였다.

린의 목숨을 구하기 위해서——.

그렇게 왕녀의 책무를 당당하게 포기해도 될 만한 대의명분을 얻은 앨리스는 당장 방에서 뛰쳐나가 버렸다.

두 시간 후, 왕궁의 안뜰에서.

여행 준비를 마친 앨리스는 여행용 슈트케이스를 손에 들고 있었다.

"……회의에는 안 나가고 실컷 독서에 열중했던 나날이 여기서 도움이 되는구나. 그래, 이 책을 읽어본 기억이 있었어."

손안에는 한 권의 고서.

성의 도서관에서 앨리스가 빌려온 것이었다.

"황청의 머나먼 남쪽에는 전설의 영봉이 있다. 험준한 길을 끝까지 올라가면, 그 정상에는 만병을 치료하는 전설의 약초『효과 좋초』가 자라고 있다……."

린을 보고 퍼뜩 떠올렸다.

이 전설의 약초가 있으면 린을 구할 수 있지 않을까? 하는 생각을.

"험준한 산길, 위험한 짐승들. 틀림없이 가혹한 여행이 될 거야……."

주먹을 불끈 쥐었다.

"하지만 나는 지지 않아! 효과좋초를 손에 넣기 위해서라면, 아무리 힘든 모험이나 가혹한 여정이 기다리고 있어도 반드시 이겨낼 거야!"

"그렇게 위험한 여행에 저를 데려갈 생각이에요?!"

누군가가 소리를 질렀다. 붉은 금빛 머리카락이 사랑스러운 작은 소녀였다.

앨리스의 여동생 시스벨.

방에서 뒹굴뒹굴하다가 앨리스한테 (억지로) 끌려 나온 것이었다.

"싫거든요?! 저는 그렇게 민가에서 멀리 떨어진 영봉 같은 데에는 가고 싶지 않아요! 대체 왜 제가……!"

"네가 가장 한가해 보였거든."

앨리스가 땡땡이 상습범이라면 시스벨은 극도의 은둔형 외톨이였다.

1년 중 대부분은 방에 틀어박혀 지내고 있으므로, 성의 복도에서 걷고 있는 모습조차 보기 드물었다.

"이 여행은 가혹한 여행이 될 거야. 나도 혼자서는 고전할 테지.

그러니까 한 명 더 필요하다고 생각한 거야."

"그런 여행에 저를 데려가지 마세요!"

"자, 출발하자!"

"저기요――――?!"

저항하는 시스벨을 질질 끌면서 앨리스는 의기양양하게 출발했다.

전설의 영봉을 향해.

2

전설의 영봉 히켄카브라――.

흐릿한 안개가 끼어 있는 등산로는 사방이 온통 돌투성이인 급경사면이었다. 더구나 산꼭대기까지 올라가려면 무려 5,555단이나 되는 계단을 올라가야 했다.

공기는 희박하고 차가웠다.

그토록 가혹한 환경이기 때문에 이곳을 찾아온 사람들 중 상당수는 중간에 포기하고 떠난다고 한다.

"……저, 포기할래요."

"시스벨?!"

"이, 이미 저는 한계라고요! 계단을 계속 오르느라 허벅지도 터질 것 같고, 발바닥에도 물집이 잔뜩 잡혔단 말이에요…… 이제는 체력도……!"

앨리스 뒤에서 걷고 있던 시스벨이 온몸에서 땀을 뻘뻘 흘리며 비명을 질렀다.

"아무리 올라가도 정상에 다다르지 못하고 있잖아요? 주위는 안개가 가득해서 잘 보이지도 않고요. 게다가 아까부터 야생동물의 포효 소리도 들리고 있다고요!"

"힘내, 시스벨."

앨리스는 자기도 숨을 헉헉 몰아쉬면서 기진맥진한 여동생을 돌아봤다.

"나도 아까부터 산소가 부족해서 머리가 아프지만, 이것도 다린을 구하기 위해서야. 틀림없이 정상에 거의 다 왔을 거야."

"주위가 안개로 뒤덮여서 아무것도 안 보이는데요?!"

그렇다.

이 등산로는 올라가면 올라갈수록 안개가 짙어져서 산의 경관을 제대로 볼 수 없게 된다. 그러니까 자기들이 얼마나 정상에 가까이 왔는지도 모르는 것이다.

"아니, 애초에 '정상에 거의 다 왔어'라는 것은, 앨리스 언니가 한 시간 전에도 했던 말이잖아요?!"

"왠지 그런 느낌이 든다니까."

"근거도 없이 아무 말이나 하는 거예요?!"

"아니, 직감이지. 나도 계단을 3,000단이 넘을 때까지는 분명히 세고 있었거든. 슬슬 도착할 때가 됐…… 앗?! 시스벨, 저거 봐!"

앨리스가 손가락으로 가리킨 것은 계단 상부.

안개가 걷히고——5,555단이라는 계단의 종점이 보였다.

"정상인가요?!"

시스벨이 환성을 질렀다.

"저희가 드디어 산 정상에 도착한 거군요?! 여기에 전설의 약초가!"

"그래, 시스벨. 효과좋초는 이제 우리 코앞에 있어!"

계단을 뛰어 올라갔다.

그렇게 올라갈수록. 앨리스와 시스벨의 귀에 익숙하지 않은 기합 소리가 들려왔다.

"헛둘, 헛둘!"

"이얏!"

"흐랏차아!"

영봉을 뒤흔드는 힘찬 목소리.

수십 명 규모의 성량이 울리면서 여기까지 전해져온 것은 바로 그때였다.

"……앨리스 언니? 이 기합 소리는 도대체 뭐죠?"

"……이상하다. 여기는 전설의 영봉이잖아? 좀처럼 사람이 드나들지 않는 곳일 텐데 왠지 시끄럽네……."

계단을 끝까지 올라갔다.

영봉 정상에서 앨리스와 시스벨이 본 것은——.

"헛둘, 헛둘, 헛둘!"

"이야압!"

수십 명이나 되는 수행자들이 일심불란하게 대련 형태로 훈련을 하는 광경이었다.

　모두들 온몸이 상처투성이.

　그러나 아무도 수행을 그만두려고 하지는 않았다.

　"……저기요, 앨리스 언니?"

　시스벨이 멍하니 서 있었다.

　"저희는 전설의 약초를 캐러 온 거잖아요?"

　"응, 맞아."

　"그런데 제 눈에는 지저분한 수행자들의 모습밖에 안 보이는데요."

　"……내 눈에도 그렇게 보여."

　앨리스도 동감했다.

　약초는 어디 있지? 이 수행자들은 누구야?

　"헛?! 누구냐!"

　그런 앨리스와 시스벨의 방문을 눈치챈 수행자들이 반응했다.

　"누구냐! 설마 도장 파괴범——."

　"이 영봉에 여자 둘이서 찾아오다니, 참으로 수상하구나……."

　"저, 저기요, 잠깐만요?!"

　이에 당황한 사람은 앨리스였다.

　전설의 약초를 찾아 이렇게 멀리까지 와서 산을 올라왔는데, 거기서 기다리고 있었던 것은 우락부락한 수행자들이었다. 오히려 자기들이 이 상황에 대한 설명을 요구하고 싶었다.

"저희는 일반인입니다! 이곳에 전설의 약초가 있다는 이야기를 듣고……!"

"잠까아안!"

힘찬 포효 소리가 들려왔다.

척, 척.

한 남자가 수행자들을 거느리고 나타났다. 도복 차림의 위엄 있는 거한이었다.

"흠, 뭐지? 이 산에 젊은 여인 둘이 찾아오다니. 별일이구나."

앨리스와 시스벨을 머리끝부터 발끝까지 훑어보는 거한.

"우리 다이쿵후류(流) 고류 무술 도장에 온 것을 환영한다. 나는 사범 대리인 쿠로오비라고 한다!"

"고류 무술?!"

"여기는 도장이에요?!"

"바로 그렇다."

쿠로오비라고 이름을 밝힌 남자가 고개를 끄덕였다.

"이곳은 이 세상 격투가들이 모이는 전설의 고류 무술 도장이다."

"……전설."

"아하, 알았어요. 결국 이것은 전설에 대한 오해였던 거네요? 앨리스 언니."

시스벨이 짝! 하고 손뼉을 쳤다.

"이 영봉에 있는 것은 전설의 약초가 아니라 전설의 도장이었다. 그런 개그 엔딩인 거예요."

"그런 개그 엔딩은 용납할 수 없거든?!"

앨리스로선 웃어넘길 만한 상황이 아니었다.

린의 목숨을 구하기 위해 성에서 뛰쳐나와 미친 듯이 이 산을 올라왔는데.

"흐음?"

그때 쿠로오비 사범 대리의 눈이 번쩍 빛났다.

"너희들은 전설의 약초를 찾으러 이 산에 온 거냐?"

"앗, 그걸 아시는군요?!"

"몰라."

"헷갈리게 하지 말아줄래요?! ······아아, 그런데 이게 무슨 일이람. 여기 오면 린을 구할 수 있을 거라고 생각했는데······ 이럴 수가······!"

헛걸음이었다.

실의에 빠진 앨리스는 터벅터벅 이 산을 떠나려고 했다. 그런데 그때——.

"기다려라!"

쿠로오비 사범 대리의 힘찬 목소리가 울려 퍼졌다.

"방황하는 처녀들이여. 포기하기에는 아직 이르다! 우리 도장의 총사범 다이쿵후 노사(老師)님을 만나보지 않겠느냐?"

"······노사님?"

"그래. 노사님은 이 산의 모든 것을 알고 계신다. 그러니 전설의 약초도 알고 계실 거야."

"! 그럼 노사님과 만나게 해주세요!"

"좋다!"

쿠로오비 사범 대리가 몸을 돌렸다.

제자들을 데리고 산속을 향해 걷기 시작했다.

"너희는 소질이 있다. 이『다리 파괴의 마계단(魔階段)』을 끝까지 걸어 올라오다니. 그 분투에 경의를 표하여 우선은 너희를 손님으로 인정하겠다."

이 계단에 그런 이름이 붙어 있었구나.

앨리스와 시스벨의 소리 없는 중얼거림을 아는지 모르는지, 쿠로오비 사범 대리는 빠른 걸음으로 나아갔다.

"우리 무술의 총본산이야. 그곳에 우리의 위대하신 사범님이 계신다."

수행 장소의 안쪽으로——.

앨리스와 시스벨이 안내되어 들어간 곳은, 이 산의 정상에 세워진 거대한 절이었다.

"아니, 왜 이렇게 커?!"

"거의 왕궁만큼 큰데요?! 저는 이렇게 큰 절은 처음 봐요!"

부지도 넓었다.

이러니저러니 해도 전설의 영봉에 세워진 전설의 무도장인 것이다.

"있잖아, 시스벨. 저게 뭘까?"

부지를 걷고 있는데 갑자기 신경 쓰이는 것이 앨리스의 눈에 띄었다.

"저거 봐, 저렇게 커다란 나무가 두 동강이 나 있어."

"용케 눈치챘구나!"

앞에서 걸어가던 쿠로오비 사범 대리가 마치 기다렸다는 듯이 휙 돌아봤다.

"저것이 바로 전설의 족도수(足刀樹). 우리 총사범님이신 다이쿵후 노사님이 발로 쓰러뜨린 거목이다."

"와, 굉장하다!"

"그게 말이 돼요?!"

앨리스의 감탄.

그리고 시스벨의 날카로운 지적이 이어졌다.

"잠깐만요, 쿠로오비 사범 대리? 저는 믿을 수 없는데요. 저렇게 큰 나무를 발차기로 쓰러뜨렸다고요?!"

"위대하신 노사님에게 불가능이란 없다."

쿠로오비 사범 대리의 눈에는 흔들림 없는 자신감이 깃들어 있었다.

"다이쿵후 노사님이 나무들한테 연달아 발차기를 했다는 수행 시절의 전설이 있어. 태풍이 불어닥친 가운데 벼락이 쳤고······ 정신 차려 보니 눈앞의 나무가 쪼개져 있었던 거야."

"그건 벼락을 맞아 쪼개진 거잖아요?!"

"노사님의 넘치는 기(氣)가 벼락을 부른 거야. 그리하여 다이쿵후 노사님의 필살권 제59 『신목굉뢰각(神木轟雷脚)』이 완성된 것이다!"

쿠로오비 사범 대리가 이야기하는「노사 전설」.

앨리스와 시스벨은 도대체 노사님의 정체는 무엇인가? 하는 의문을 느꼈는데, 사실 이 전설은 겨우 시작에 불과했다.

"어머나?"

시스벨이 산 중턱을 가리켰다.

"좀 전까지 흐르던 냇물이 여기서 끊겼는데요?"

"용케 눈치챘구나. 이것도 다이쿵후 노사님의 전설 중 하나야."

"이 냇물도요?!"

"그래. 노사님이 냇물에 몸을 담그고 목욕을 하고 있었을 때였지. 이 산이 활활 타오를 정도로 엄청난 화재가 발생했는데……정신을 차려 보니 냇물이 모조리 증발해버렸던 거야. 아마도 스승님의 불같은 기가 기어코 산불을 내버린 거겠지."

"평범한 자연현상 아닌가요?!"

"노사님의 필살권 제40『태산연후권(泰山燃吼拳)』이 완성된 것이다!"

"뭐 이런 사기꾼 노사님이 다 있어요?!"

또다시 날카롭게 지적하는 시스벨.

한편──.

"굉장하구나, 노사님은!"

앨리스는 눈을 반짝반짝 빛내면서 노사 전설을 열심히 듣고 있었다.

지금은 린의 목숨이 걸린 상황이니까. 지푸라기라도 잡는 심정인 앨리스의 입장에서는, 저 노사 전설이 전부 다 위대하게만 느껴지는 것이었다.

"……앨리스 언니."

시스벨은 그런 언니에게 귓속말을 했다.

"이상한 예감이 듭니다. 저 노사란 자의 정체가 뭔지는 몰라도, 정말로 전설의 약초를 알고 있을지 의문이에요. 의심해봐야 하지 않을까요?"

"그건 아니야, 시스벨!"

린을 치료해야 한다는 생각으로 머릿속이 꽉 차버린 앨리스에게는 동생의 충고가 통하지 않았다.

"쿠로오비 사범 대리! 그렇게 굉장한 노사님이시라면 전설의 약초에 대해서도 알고 계실 테지요?"

"물론이지!"

사범 대리의 대답은 믿음직했다.

"하지만 노사님도 많은 제자를 거느리고 계시거든. 급히 면회를 하고 싶다면, 『노사 면회 코스』에다가 『끼어들기 특전 추가 당일 코스』까지 더해서 추가 요금을 내야 해."

"전형적인 사기 수법이잖아요?!"

"지금 당장 내겠습니다. 저와 시스벨, 두 사람 몫을!"

"앗, 언니잇?!"

시스벨의 만류도 뿌리치고 앨리스는 지갑을 꺼냈다.

"사범 대리, 이거면 됩니까?!"

"좋다. 참고로 노사의 면회를 한 시간에서 두 시간으로 연장할 수 있는 『스페셜 면회 코스』도 있어. 지금 신청하면 노사님과 같이 찍은 기념사진도 선물로 준다!"

"네, 돈 낼게요!"

"언니잇————————?!"

지불 완료.

이리하여 앨리스와 시스벨은 노사님을 면회할 수 있게 되었다.

"자, 그럼 가자! 다 정해졌으니, 도장으로 안내해주마."

다이쿵후류 고류 무술의 총본산.

그 문 너머의 복도에서는 수백 명이나 되는 제자들이 열심히 바닥을 걸레로 닦고 있었다.

"괴, 굉장한데요……?"

"이것도 수행의 일환이지."

복도를 따라 나아가는 쿠로오비 사범 대리.

앨리스와 시스벨도 여기서부터는 신발을 벗고 맨발로 걷게 되었다.

"이 앞에 노사님의 도장이 있어."

입구를 가리키는 사범 대리.

"원칙적으로는 오랫동안 수행한 제자만 들어갈 수 있는 곳인데, 『스페셜 면회 코스』를 신청한 너희들은 특별히 통과시켜도 된다고 하셨다."

한 발 안으로 들여놓은 순간.

"꺅?! 죄, 죄송합니다!"

바닥에 쓰러져 있는 수행자를 밟아버린 시스벨은 비명을 질 렀다.

여기저기 사람이 쓰러져 있었다.

"쿠로오비 사범 대리, 저, 저기요…… 사람이 많이 쓰러져 있는 데요?!"

"괜찮아."

사범 대리는 쓰러진 제자에게는 눈길도 주지 않고 앞으로 나아 갔다.

"노사님의 100인 대결에서 패배해 쓰러진 제자들이다."

"배, 100인?!"

"보아라. 저것이 노사님이다."

사범 대리가 가리킨 곳에는——.

수많은 제자에게 둘러싸인 검은 도복 차림의 노인이 서 있었다. 멋진 콧수염이 특징적인데, 그 몸은 버들가지처럼 가늘었다.

"네? 저 사람이 노사님이에요?"

시스벨이 어리둥절하여 눈을 깜빡거렸다.

"너무 말라서 좀 믿음직하지 못한 느낌인데요. 제자분이 더 젊 고 근육도 있어서 강해 보이는데……."

"아니다. 자, 똑똑히 봐라!"

사범 대리가 그렇게 말함과 동시에 그 노인이 "하얏!" 하고 소 리를 질렀다.

아무것도 없는 허공을 향해 정권 지르기.

그 순간, 건드리지도 않은 제자들이 일제히 "으악!" 하고 비명을 지르며 쓰러지는 것이 아니겠는가.

좌우는 물론이고 뒤에 서 있는 제자들도 마찬가지였다.

"사기잖아요?!"

시스벨이 즉시 외쳤지만, 다행인지 불행인지 그 목소리는 제자들의 비명 소리에 묻혀 사라지는 바람에 아무도 듣지 못했다.

"휴……."

주먹을 거둬들인 노인이 만족스럽게 숨을 내쉬었다.

"공(空), 상(象), 체(體), 기(氣), 경(勁), 리(理). 만상을 합하는 것은 마음이니라. ……마음을 극한까지 단련시켜라. 그러면 그 주먹에 우주가 깃들 것이다."

"감사합니다!"

쓰러진 제자들이 일제히 벌떡 일어나더니 깊이 고개를 숙였다.

그런 광경을 바라보면서.

"이건 진짜 너무하잖아요?!"

마침내 시스벨이 폭발했다.

"수상하다고 생각은 했지만…… 앨리스 언니, 여기는 위험해요! 저희는 당장 면회를 그만두고 이곳을 떠나야 합니다!"

"아아, 너무 멋지다!"

"언니?!"

"시스벨, 너도 방금 봤지?! 저 노사님은 직접 건드리지도 않고 제자들을 날려 보냈어!"

이것이 바로 노사님이다.

앨리스는 확신했다. 이렇게 인간의 한계를 초월한 기술을 구사하는 노인이라면 약초 한두 개쯤은 당연히 알 것이다.

――더 나아가.

앨리스가 몰래 머릿속에 떠올린 것은 유일무이한 자신의 라이벌인 제국 검사 이스카였다.

제국의 정통 검사인 이스카에게 대항하려면 자신도 언젠가는 무예를 익혀야 한다. 그런 생각을 했던 것이다.

"허허허. 입문자인가?"

검은 도복 차림의 노인이 앨리스와 시스벨의 목소리를 듣고 이쪽으로 다가왔다.

겉모습은 그저 왜소한 영감님.

그러나 그의 등 뒤에는 수백 명이나 되는 제자들이 대기하고 있었다.

"잘 왔다. 내가 바로 다이쿵후류 고류 무술의 개조(開祖)이자 총사범인 다이쿵후이다."

"저는 앨리스라고 합니다! 그리고 이 아이는 제 동생인 시스벨입니다. 저, 노사님……."

"잠깐!"

그때 노인이 소리를 질렀다.

저 마른 몸뚱이의 어디에 이런 폐활량이 존재하나? 싶을 정도로 큰 목소리로.

"끝까지 말할 필요도 없다. 여인이여…… 아니, 앨리스여."

노사가 앨리스의 얼굴을 들여다봤다.

"어디 보자, 그대는 고민이 있구면? 그 고민을 해결하기 위해 여기까지 왔다. 그렇지 않은가?"

"헉?!"

앨리스는 저도 모르게 눈을 크게 떴다.

그 말은 완벽하게 적중했다. 실제로 린의 목숨이 위태로운 것이다.

"그걸 어떻게 아셨어요?!"

"허허허. 이 다이쿵후가 꿰뚫어 보지 못하는 것은 없어."

자신만만해 보이는 노사.

사실 등 뒤에서는 시스벨이 "……이렇게 멀리 떨어진 산속까지 일부러 찾아왔으니 고민이 한두 개쯤은 있는 게 당연하잖아요?"라고 중얼거리고 있었지만, 흥분한 앨리스에게는 그 말이 들리지 않았다.

"안심해도 된다."

노사가 콧수염을 쓰다듬으며 말했다.

"도장에서 심신을 단련하면 돼. 그러면 고민도 사라질 것이다."

"네, 저 열심히 할게요!"

"저기요, 언니?! 목적은요?! 린을 구한다는 목적은요?!"

"허허허. 걱정하지 마라, 작은 소녀여."

"누가 작다는 거예요?!"

시스벨의 눈꼬리가 사납게 올라갔다.

앨리스=다 큰 처녀.

시스벨=작은 소녀. 그것이 노사가 느낀 첫인상인가 보다.

그런데 「무엇이」 작은 걸까. 이것은 시스벨로서는 간과할 수 없는 문제였다.

"노사님, 대답해보세요! 도대체 저의 어디가 작다는 거죠?!"

"그대들이 찾고 있다는 그 효과좋초란 것 말인데……."

"무시하는 거예요?!"

"안심하라. 이미 짐작 가는 것이 있으니."

노사가 눈을 번쩍 빛냈다.

"효과좋초란 것은 이 도장에서 재배하고 있는 무진증강초(無盡增强草)일 것이다. 그것을 달여 마시면 몸속 깊은 곳에서부터 활기가 솟구치게 되지."

"그게 정말이에요?!"

노사의 손을 덥석 잡는 앨리스.

"노사님, 제발 그 약초를……!"

"흠. 하지만 무진증강초는 우리 도장의 수행자에게만 줘야 한다는 규칙이 있어. 그러니까 그대들도 우리 도장에 입문하면 이 풀을 나눠주도록 하마."

"자, 잠깐만요. 흘려들을 수 없는 말이군요. 저희도 여기서 수행을 하라고요?!"

더는 못 참고 소리를 지르는 시스벨.

"이렇게 춥고 공기도 희박한 산속, 그것도 남자들밖에 없는 도장에서 여자가 단둘이 수행한다는 것은……."

"허둥거리지 마라, 작은 소녀여."

"누가 작은 소녀예요?! ……그, 그야 물론, 조숙한 언니에 비하면 여러모로 부족한 느낌이 들긴 하지만…… 저도 다소나마 있긴 있거든요?!"

"무진증강초를 먹으면, 그 넘쳐흐르는 영양분으로 인해 순식간에 육체의 온갖 부분이 성장하게 된다."

"네?"

"작은 소녀여. 언니를 능가하는 육체를 가지고 싶지 않나?"

"으읏!"

그 말을 들은 순간.

시스벨의 결의는 백팔십도로 달라졌다.

"입문하겠어요! 위대하신 노사님!"

이리하여.

위대하신 다이쿵후 노사님 밑에서 앨리스와 시스벨의 수행 생활이 시작됐다.

스페셜 노사 코스.

노사에게 직접 지도받는 수행을 시작하기에 앞서 앨리스와 시스벨도 흰색 도복을 입게 되었다.

"노사님, 저 옷 갈아입고 왔습니다!"

띠를 졸라맨 앨리스가 도장으로 돌아왔다.

"자, 당장 수행을 시작합시다!"

"허허허. 혈기 왕성한 것이 좋구나. 하지만 그 의욕이 과연 언제까지 이어질지? 나의 교육은 엄격하거든?"

"저, 강해지고 싶어요!"

"언니, 취지가 달라진 것 같은데요?!"

그런 여동생의 지적과는 상관없이——.

"좋다!"

노사가 기분 좋게 고개를 끄덕였다.

"이곳은 신성한 영산이야. 그대들처럼 하계에서 산을 올라온 자가 수행을 시작할 때는, 우선 하계의 더러움을 씻어내는 재계부터 시작해야 해."

"……재계?"

시스벨이 어리둥절하여 눈을 깜빡였다.

"재계가 뭐죠? 언니."

"글쎄? 나도 처음 들어봐."

앨리스와 시스벨은 둘 다 왕녀였다.

성에서 자란 두 사람에게는 도장 수행의 모든 것이 낯설고 신기했다.

"노사님, 재계가 뭔가요?"

"물에 들어가서 몸을 깨끗이 하는 작업이야."

"목욕이에요?"

"폭포다."

노사의 대답은 간결했다.

"도장 뒤편에 커다란 폭포가 있다. 영봉의 눈이 녹은 물이지. 수행에는 안성맞춤이야."

"폭포오?!"

시스벨이 눈을 크게 떴다.

"지금 농담하시는 거예요?! 그렇게 차가운 물을 뒤집어쓰면 죽는다고요! 안 그래요, 언니?!"

"……그, 그렇지."

앨리스도 이번에는 동감하지 않을 수 없었다.

그들의 목적은 린을 구하기 위해 무진증강초를 손에 넣는 것. 도장에서의 수행은 결국 그 목적을 달성하기 위한 수단에 불과했다.

"저도…… 그 정도로 본격적인 수행은, 좀…….”

"두려워하지 마라!"

노사의 일갈.

"앨리스여, 그대에게는 소양이 있다. 이 다이쿵후의 수행을 이겨내고 세계 제일의 여자 격투가를 목표로 하는 것이다!"

"세계 제일이라고요?!"

앨리스의 가슴이 세차게 뛰었다.

세계 제일.

일국의 왕녀라도 저절로 혹해서 달려들 정도로 감미로운 단어였다. 참고로 이때 앨리스의 뇌리에 떠오른 것은 이번에도 제국 검사 이스카의 얼굴이었다.

"세계 제일의 여자 격투가…… 그렇게 되면, 그 대단한 이스카도 나를 인정해줄 테지………… 네, 알겠습니다!"

노사의 손을 잡았다.

"불초 앨리스, 그럼 신세를 지겠습니다!"

"좋다!"

앨리스와 노사는 강하게 악수하면서 사제의 맹세를 했다.

"어? 저기, 언니가 무술인이 될 필요는 없잖아요? 린을 구하겠다는 목적은……?"

그런 시스벨의 중얼거림은, 수행 의욕을 불태우는 두 사람에게는 들리지 않았다.

거대한 폭포──.

우뚝 솟은 절벽 위에서 빙설 섞인 물이 엄청난 수량을 자랑하며 떨어지고 있었다.

"……그립구나."

문득 노사가 과거를 회상하는 것처럼 눈을 가늘게 떴다.

"이 폭포를 보니까 과거에 이 도장에 찾아왔던 어린 소녀가 떠오르는군."

"저, 노사님? 그게 누구인가요?"

"……아니, 다 지나간 일이다."

앨리스가 물어봐도 노사는 고개를 옆으로 흔들기만 했다.

"우리 도장에서 날개를 펼치고 떠나간 소녀라고만 해두마. 하지만 그대들도 그 소녀에 필적할 정도의 재능이 있어. 나에게 지도받으면서 천하무쌍의 강자를 목표로 삼아라!"

"알겠습니다!"

"저는 그렇게까지 할 마음은 없는데요……."

앨리스와 시스벨은 거대한 폭포의 기슭으로 다가갔다.

그곳에는 놀랍게도 웃통을 벗은 채 폭포수를 맞고 있는 제자들이 있었다.

"이건…… 정말로 차가워 보이네."

"언니, 저 용소*를 보세요. 유빙처럼 얼음들이 여기저기 둥둥 떠 있어요……!"

수건을 몸에 걸치고 있는 시스벨이 조심스럽게 손가락을 내밀어 폭포의 물방울을 건드려보더니.

즉시 펄쩍 뛰었다.

"앗, 차가워―――――?!"

손가락만 닿았는데도 시스벨의 입술은 벌써 새파랗게 질려버렸다.

"차갑다? 아니, 이 정도면 아프다는 말밖에 안 나와요! 노사님, 이런 폭포수를 맞으면 사람이 죽을 거예요!"

"망설이지 마라, 시스벨이여!"

또다시 노사가 일갈했다.

---

*폭포 밑의 물웅덩이.

그리고 그는 가리켰다. 현재 똑같이 폭포수를 맞고 있는 제자들을.

"봐라, 저 제자들을. 이 극한의 폭포 수행을 하면서도 전혀 떨지도 않아. 왜인지 아느냐? 그것은 바로 번뇌를 버렸기 때문이다!"

"……번뇌를?"

"그래. 이 극한의 재계를 통해 망설임과 유혹을 다 씻어내는 것이다!"

무도란 것은 마음이다.

폭포수를 맞으며 대자연과 하나가 됨으로써 인간은 마음의 망설임이나 번뇌를 버릴 수 있게 된다——는 것이 노사가 도달한 진리인 듯했다.

"잘 모르겠는데요……."

"자, 우선 폭포 속에 뛰어들어 봐라. 모든 것을 자신의 육체로 이해할 것이다."

"……아아, 정말이지. 알았어요! 여기까지 왔으니 어쩔 수 없죠!"

마침내 결심한 시스벨은 몸에 걸치고 있던 수건을 벗어던졌다.

겉으로 드러난 흰 피부.

하지만 실오라기 하나 안 걸친 것은 아니었다. 도장에서 여성용 흰색 수영복을 빌려 입고 있었다.

……찰박.

폭포의 물방울이 머리에 떨어진 순간, 칼로 찌르는 듯한 차가움 때문에 시스벨은 마음속 깊은 곳에서 우러난 비명을 질렀다.

"앗, 차가워어어어어엇?!"

왜냐하면 눈 녹은 물이니까.

한 방울만 맞아도 뼛속까지 스며드는 차가움을 지니고 있었다.

"이렇게 차가운 물을 온몸에 뒤집어썼다간 감기 걸리겠어요!"

"춥겠다……."

"앨리스 언니! 폭포 밖에서 구경만 하다니, 너무 치사하잖아요!"

"……그, 그래, 나도 알아!"

앨리스가 가볍게 수건을 벗어던졌다.

그 순간——.

당장이라도 터질 듯한 앨리스의 풍만한 육체가 드러났다.

볼륨 있는 가슴은 어른스러운 검은색 수영복 밖으로 흘러넘칠 정도로 박력이 있었고, 허리에서 쑥 튀어나온 엉덩이도 참으로 섹시했다.

그런 풍만한 지체 앞에서——.

"흑?!"

"크아아악……!"

폭포수를 맞고 있던 제자들이 하나둘씩 고뇌하는 듯한 신음 소리를 냈다.

어떤 사람은 가슴을 꽉 눌렀고, 어떤 사람은 호흡이 흐트러졌다. 그들은 줄줄이 발을 헛디뎌 용소 속으로 곤두박질쳤다.

"앗, 제자님들이 왜 저러죠?! 노사님, 도대체 이게 무슨 일인 가요?!"

"으음……."

노사는 험악한 표정으로 자신의 제자와 수영복 차림의 앨리스를 번갈아 보더니.

"저들은 평소에 여인과 무관한 수행 생활을 하고 있으니까. 그 죄 많은 육체는 조금 지나치게 자극적인 모양이군."

"이게 제 탓이라고요?!"

"잠깐만요, 노사님! 저를 대할 때와는 반응이 다르잖아요, 이게 어떻게 된 거죠?!"

하얀 수영복을 입은 시스벨이 자기 가슴에 손을 대고 말했다.

"그냥 넘어갈 수 없는 발언이네요, 노사님! 언니의 수영복을 보고 반응한다면, 저의 수영복을 보고도 졸도해야 하지 않나요?!"

"……으음."

"노사님!"

"역시 언니보다 나은 동생은 없구나."

"여기 있잖아요?!"

"대(大)를 이기는 소(小)라는 것은 없어……."

"도대체 저의 어느 부위가 소형이라는 거죠?!"

성난 시스벨이 아래쪽을 가리켰다.

용소에 떨어진 제자들을 손가락질하면서 말을 이었다.

"애초에 이 사람들도 참 칠칠치 못하네요. 고작 언니의 수영복 같은 것을 보고 흥분해서 쓰러지다니. 수행이 부족한 게 아닌가요?"

"……그러게."

그 의견에는 앨리스도 동의했다.

"여자의 수영복 차림을 보고 쓰러진다는 것은…… 좀 미덥지 못할지도 몰라."

앨리스와 시스벨이 자기들끼리 소곤소곤 이야기하고 있는데.

위험하다.

이것은 무술의 체면과 관계된 문제다. 그렇게 느낀 노사의 결단은 빨랐다.

"좋다! 그럼 이 다이쿵후가 몸소 폭포 수행의 모범을 보여주마!"

놀랍게도 노사가 직접 상반신의 도복을 벗어버리고 폭포 속으로 뛰어들었다.

"우와?!"

"위대하신 노사님이 직접 폭포 수행을 하시다니!"

이 사태에는 제자들도 깜짝 놀라 크게 웅성거렸다.

"소녀들이여, 나를 따르라!"

이리하여 앨리스, 시스벨, 노사 세 사람이 나란히 폭포 수행을 하게 되었다.

"너무 차가운데요————?!"

"어머? 의외로 할 만한데."

비명을 지르는 시스벨.

그 옆에서 앨리스는 매우 우아하게 폭포수를 맞고 있었다.

앨리스는 얼음의 성령술사. 고로 평소에도 냉기에는 익숙했다. 눈 녹은 물은 물론이고, 실은 대기조차 얼어붙게 만드는 극한의 냉기에 대해서도 내성이 있었다.

"……으윽, 납득이 안 가요. 어째서 앨리스 언니는 멀쩡하고 나만 이렇게 괴로워해야 하는 거죠……?"

"시스벨. 지방이 많으면 추위를 덜 탄다고 하더라."

"저의 어느 부분의 지방이 부족하다고 말씀하시는 거죠──?!"

약 30분 후.

눈 녹은 물을 머리부터 계속 뒤집어쓰던 시스벨이 힘없이 폭포에서 기어 올라왔다.

"……끄, 끝났다…… 주, 죽겠네…… 죽는 줄 알았어요……."

"……나, 나도 이제는 한계야."

앨리스도 입술이 보라색으로 변해 있었다.

처음에는 참을 수 있었지만 역시 찬물을 계속 뒤집어쓰면 추울 수밖에 없었다. 몸이 차갑게 식어서 자꾸만 덜덜 떨렸다.

"도중에 의식이 몽롱해져서 하마터면 용소로 떨어질 뻔했어."

"언니도 그랬어요? ……그런데 노사님은 역시 대단하시네요. 언니 옆에서 아무렇지도 않게 폭포 수행을 해내셨잖아요."

"내 옆에는 안 계셨는데?"

"네?"

시스벨이 눈을 깜빡거렸다.

"제 옆에도 안 계셨는데요."

"어머나? 이상하네."

노사의 모습이 보이지 않는다.

그 사실을 눈치챈 앨리스가 폭포 주위를 둘러봤는데——.

"노사님?!"

용소의 수면.

그곳에 둥둥 떠서 꼼짝도 안 하는 노인의 모습을 발견한 순간, 모든 사람의 얼굴이 창백해졌다.

"노사님————?!"

제자들이 용소에 뛰어들더니 서둘러 그를 땅 위로 끌어올렸다.

"…………헉?!"

노사는 의외로 빨리 눈을 떴다.

"……내가, 어떻게 된 거냐?"

"용소에 빠지셨습니다."

시스벨이 즉답했다.

"설마 그럴 리는 없겠지만, 노사님? 저와 언니도 견뎌냈던 폭포 수행을 견디지 못하고 기절해버리신 건가요?"

"…………………………."

침묵.

몹시 어색한 분위기.

그렇게 생각한 순간, 1등으로 벌떡 일어난 사람은 노사 본인이었다.

"……이거다! 제자들이여, 나는 또다시 무도의 신비에 좀 더 다가갔다!"

"노사님?!"

"나는 기절한 것이 아니야. 폭포와 마음을 일체화함으로써 자신의 몸을 유빙으로 변화시켰다. 새로운 오의『낙수빙암권(落水氷巖拳)』이 완성된 것이다!"

"우와아아아아아아아!"

"세상에, 용소에 떨어짐으로써 오의를 완성시키셨을 줄이야!"

"노사님, 역시 굉장하십니다!"

감격하여 소리를 지르는 제자들과 앨리스.

그 뒤쪽에서.

"아니, 아무리 봐도 기절했던 건데?!"

벌써 몇 번째인지 모를 시스벨의 날카로운 지적은 폭포 소리에 묻혀 사라져버렸다.

폭포에서 몸을 정화한 다음에는 마침내 본격적인 수행.

실전 훈련이 시작됐다.

"예로부터『풍림화음산뢰(風林火陰山雷)』, 즉『움직일 때는 바람같이 빠르고, 움직이지 않을 때는 숲처럼 고요하고~』라는 말이 있다."

깊은 산속의 죽림.

제자들과 앨리스와 시스벨 앞에서 노사가 뒤를 돌아봤다.

"예로부터 무도인은 대자연에서 무도를 배워왔다. 다이쿵후류 고류 무술의 초연개전권(超然皆傳拳). 오늘은 그것을 가르쳐주마."

"네, 노사님!"

힘차게 고개를 끄덕이는 앨리스.

"당장 무엇을 하면 좋을까요?"

"음. 대나무를 향해 주먹을 내질러라. 대자연, 즉 대나무와 주먹을 나눔으로써 자연의 강한 힘을 느끼는 것이다."

"……그게 의미가 있나요?"

"그럼 못써, 시스벨!"

작게 중얼거린 동생을 나무라는 앨리스.

"노사님의 가르침은 절대적이야."

"아뇨, 언니. 저는 비과학적인 행위에 대해서는 그 근거를 요구하고 싶습니다!"

시스벨이 노사를 가리키더니 말했다.

"노사님! 좀 전의 폭포 수행도 그렇고요. 솔직히 말씀드리자면 저는 아직 노사님의 힘을 완전히 믿지 못하겠습니다! 노사님의 실력은 진짜 실력인가요?!"

"허허허. 혈기 왕성하구먼."

도발적인 시스벨의 질문을 노사는 가볍게 웃어넘겼다.

"작은 소녀여. 그대와 같은 젊은이를 그동안 몇백 명이나 보아왔는지──."

"긴말은 필요 없습니다. 이 대나무를 향해 주먹질하는 수행이 어느 정도의 성과를 낳는지 직접 보여주세요."

"좋다!"

노사가 호쾌하게 말하더니 띠를 고쳐 맸다.

"이것이 바로 나의 수행 성과다. ……흐랏차!"

대나무를 향해 발차기.

탁. 시스벨의 시점에서는 아무리 봐도 깡마른 영감님의 약한 발차기에 불과했다.

그런데 그 직후.

노사의 발차기로 인해 대나무가 휘어지더니 툭! 하고 검은 덩어리가 떨어졌다.

"흠?"

"어머나?"

붕붕…… 하는 날갯짓 소리.

그것이 들리는가 싶더니, 곧 노란색 날개 달린 곤충이 수십 마리나 튀어나왔다.

"벌집이잖아요오오오옷?!"

큰일 났다. 대나무에 매달려 있던 벌집이 노사의 발차기로 인해 떨어진 것이다.

벌집이 땅에 떨어졌으니, 벌들은 당연히 화가 나서 마구 날뛸 것이다.

"도, 도망쳐야 해요! ……어?"

시스벨이 어리둥절하여 눈을 깜빡거렸다.

벌이 노리는 대상은 자기들이 아니었다.

우연히 벌집 앞에 있던 수풀. 수백 마리나 되는 벌들은 그 수풀 속으로 돌격했고, 곧 거기서 엄청난 기세로 뱀이 튀쳐나온 것이다.

"뱀?!"

"저 수풀 속에 숨어 있었구나!"

벌의 분노의 대상은 뱀이었다.

아마도 벌집을 떨어뜨린 범인이 사람이 아니라 뱀이라고 착각한 것이리라. 그런데——.

"아니, 저 독사는?!"

제자들이 술렁거렸다.

"틀림없어! 그놈이야!"

"이 산의 생명들을 모조리 사냥한다는 독사, 드래곤코브라! 한 번만 물어도 곰까지 쓰러뜨릴 수 있는 맹독을 가진 뱀이잖아!"

"뭐라고요?!"

"그렇게 위험한 뱀이에요?!"

앨리스와 시스벨도 화들짝 놀랐다.

아무것도 모르고 그 수풀에 접근했더라면 아마 자기들도 뱀한테 물렸을지도 모른다.

"노사님이 격퇴해주신 거야!"

"아아…… 노사님은 처음부터 알고 계셨구나. 저 수풀 속에 독사가 숨어 있었던 것도!"

감동하는 제자들.

그 와중에 지금까지 침묵하던 노사가 마침내 소리를 버럭 질렀다.

"——이거다!"

도망치는 큰 뱀.

그 뒤를 쫓아가는 벌떼를 바라보면서.

"무도란 것은 마음이다. 나의 불타는 마음에 대자연이 응답해 준 것이다. 이게 바로 『천충심향각(千蟲心響脚)』! 새로운 오의가 완성되었구나!"

"우와아아아아아아!"

"노사님! 노사님!"

"역시 굉장하세요, 노사님!"

압도적인 노사님 연호.

앨리스와 제자들의 박수 소리가 죽림에 울려 퍼졌다.

"납득할 수 없는데요?!"

시스벨이 또다시 날카롭게 지적해봤지만, 그것은 공교롭게도 박수 소리에 묻혀버렸다.

다음 날 아침.

린은 일각을 다투는 위중한 상태──.

그래서 앨리스와 시스벨은 수행 이틀째인데도 벌써 최종 시련에 임하고 있었다.

"최종 시련, 그것은 내 제자와의 실전 시합이다!"

다이쿵후 노사의 힘찬 목소리가 도장 안에 울려 퍼졌다.

"제자는 일절 공격하지 않고 수비에만 전념한다. 자, 소녀들이여. 이 철벽의 수비를 멋지게 무너뜨려 봐라! 그대들의 뜨거운 정열이 진짜라면 이 벽을 넘을 수 있을 것이다!"

합격하면 명예로운 졸업.

그리고 그 상으로 전설의 약초 효과좋초(무진증강초)를 손에 넣을 수 있다.

그렇다면 지금이야말로 진심으로 싸워야 할 순간──.

"좋습니다!"

허리띠를 졸라매고 머리에도 머리띠를 두른 시스벨이 벌떡 일어났다.

"어제 했던 수행의 성과를 다 보여드리도록 하죠."

"좋아, 가라! 내 제자 콘고여!"

"네!"

머리를 빡빡 깎은 거한이 일어났다.

기골이 장대한 남자. 도복 옷깃 사이로는 총알조차 거뜬히 받아낼 것처럼 두툼한 가슴팍이 보였다.

"크으…… 이거 강적이란 예감이 드는군요! 하지만 저도 수행을 마친 몸입니다. 그리 간단히 겁먹지는 않아요!"

시스벨이 움직였다.

직립 부동인 제자를 향해──.

"하앗!"

탁.

시스벨이 전력을 다한 날아 차기. 그것은 그 두꺼운 가슴에 부딪쳐 튕겨졌다.

"하앗! 야앗!"

이어서 주먹질, 발차기. 그러나 강인한 근육이 그것을 다 막아 냈다. 마치 민들레 솜털이 닿은 정도의 효과밖에 없었다.

"이, 이거 만만치 않은데요?!"

"가세할게, 시스벨!"

그때 앨리스도 난입했다.

2 대 1. 자매답게 호흡이 척척 맞는 협동 공격으로 연달아 주먹 질과 발차기를 연발했다.

그러나.

"————이야앗!"

"꺅?!"

"윽?!"

제자 콘고가 크게 소리를 지르자, 그 압력에 밀려난 앨리스와 시스벨은 가볍게 바닥 위로 날아가 버렸다.

"……아, 안 통하잖아?!"

"우리의 협동 공격이?!"

안 되겠다.

전력을 다한 두 사람의 주먹도 저 강철 육체 앞에서는 효과가 없었다.

"……크윽! 난 아직 포기할 수 없어. 린을 구해야만 하니까!"

제자 콘고에게 달라붙는 앨리스.

그 부동의 자세를 어떻게든 무너뜨리려고 메치기 기술을 시도

해봤지만, 안타깝게도 체중이 두 배 가까이 차이가 나는 거한에게는 통하지 않았다.

그럼 어떻게 해야 하지?

"……윽. 미안해. 나는 지금 수단 방법을 가릴 수 없어!"

앨리스는 얼음의 성령술사다. 아무에게도 들키지 않을 정도로 작은 얼음 파편을 소환. 그것을 몰래 제자의 발밑으로 밀어넣고——.

"이얍!"

"……억?!"

제자의 자세가 무너졌다.

그는 발밑에 있는 얼음을 밟고 미끄러졌는데, 그 틈에 앨리스가 모든 체중을 실어 돌격한 것이다.

그대로 두 사람은 넘어졌고——.

"지금이야!"

앨리스가 제자 위에 포개지듯이 쓰러진 채 온 힘을 다해 그를 꽉 눌렀다.

"내가 제압했어!"

"……크. 크으웃?!"

제자가 굳어버렸다.

본디 두 사람의 체격 차이를 생각한다면, 앨리스의 굳히기 기술 따윈 순식간에 튕겨낼 수 있을 것이다.

분명 그럴 텐데——.

"이, 이건……?!"

노사는 눈을 크게 떴다.

저 강한 제자가 앨리스에게 완벽하게 제압당한 것이었다.

위에서 누르고 있는 앨리스의 풍만한 가슴이 마치 제자의 얼굴을 푹 감싸듯이 뒤덮고 있었다.

함부로 움직일 수 없었다.

앨리스를 밀쳐내려고 하면 저 풍만한 가슴에 닿을 것이다. 그래서 제자도 어쩔 줄 모르고 경직되어버린 것이다.

"저 여자는 위대한 자애의 힘으로 적을 진정시켰구나! 이 얼마나 장대한 사랑인가…… 내 제자 콘고가 전의를 상실했다!"

"그냥 가슴으로 누르고 있을 뿐이잖아요?!"

시스벨이 노도와 같이 세차게 지적했다.

"여기 사람들은 하나같이 감탄을 너무 잘해요! 저건 그냥 미인계──."

"평범한 인간이 사용할 수 있는 기술이 아니다!"

"지금 제가 가슴이 작은 평범한 인간이라는 거예요?!"

"무도란 것은 마음. 그리고 마음이란 것은 사랑!"

노사가 부채를 꺼냈다.

잘했다──란 글자가 적힌 부채를 만족스럽게 쫙 펼치더니.

"다이쿵후 고류 무술 오의『대모포옹무(大母抱擁舞)』를 용케 습득했구나. 훌륭해, 합격이다!"

"납득이 안 가는데요?!"

이리하여.

홀로 불만이 있어 보이는 시스벨은 내버려둔 채, 앨리스는 면허
개전을 뜻하는 검은띠와 효과좋초(무진증강초)를 손에 넣었다.

그리고 다시 왕궁으로.

먼 길을 돌아온 앨리스는 숨을 헉헉 몰아쉬면서 린의 방으로 뛰
어 들어갔다.

"린, 약초를 손에 넣었어!"

"……네?"

그곳에 린이 있었다. 건강하게 방청소를 하고 있는 린이.

"아, 그 꾀병…… 아니, 병은 이미 나았습니다."

"나았다고?!"

"네. 보다시피 건강합니다."

참고로──.

앨리스가 성 밖으로 뛰쳐나간 직후, 꾀병이었던 린은 침대에서
벌떡 일어나 일을 시작했다. 물론 앨리스는 그것을 알 리 없었지만.

"저기요, 앨리스 님. 아시겠어요? 근본적으로 따지자면."

린이 어험 하고 헛기침을 했다.

"앨리스 님이 왕녀로서 모범적으로 행동해주신다면 저도 그런 병
에 걸리지는 않는다고요. 그러니까 앞으로는 좀 더 왕녀답게──."

"잘됐다!"

"……네?"

린이 어리둥절하여 눈을 깜빡였다.

그러자 앨리스가 그 손을 붙잡고 힘껏 선언했다.

"린, 나와 같이 수행하자!"

"……수행이라고요?"

"두 번 다시 병에 걸리지 않는 튼튼한 몸을 얻기 위해 영산에서 수련하는 거야. 걱정하지 마, 린. 너라면 틀림없이 노사님도 인정해주실 거야."

"노사님이라니, 그게 누군데요?!"

"지금이라면 『단기 집중 특별 코스』에 『노사의 직접 교육 특전』까지 더해서 파격 세일 중. 게다가 놀랍게도 노사님의 사인까지 선물로 준대!"

"아니, 그러니까 대체 그게 뭐냐고요오오오오오?!"

역효과였다.

그 후 1주일에 걸쳐서 린은 무도에 눈을 떠버린 앨리스를 말리느라 애써야 했다.

며칠 후.

네뷸리스 황청에서 멀리 떨어져 있는 대국 『제국』에서——.

"이스카 군, 큰일 났어! 적국인 네뷸리스 황청에서 움직임이 포착됐어!"

복도를 걷고 있는 이스카를 발견한 미스미스 대장이 가쁘게 숨을 몰아쉬며 달려왔다.

"황청에서 수상한 무술이 유행하고 있대. 정체불명의 고류 무술이!"

"……고류 무술이라고요?"

"응. 그들은 강력한 성령술뿐만 아니라 제국군에 대항하기 위한 정체불명의 무술까지 습득하고 있는 거야. 어휴, 이거 진짜 큰일이야!"

"고류 무술이라니…… 요즘 시대에 진짜로 그렇게 수상한 전투 훈련을 할까요……?"

"한다니까? 이스카 군!"

그런 이스카의 의문은 미스미스 대장의 단언에 의해 싹 날아가 버렸다.

"난 알아. 이것은 네뷸리스 황청의 음모…… 이에 대한 대책을 세우지 않으면 제국은 끝장날 거야!"

"왜 그렇게 과장해서 말씀하세요. 어차피 소문일 뿐이잖아요?"

"아냐, 이러고 있을 수 없어!"

이스카의 목소리 따윈 들리지도 않았다.

지금 미스미스 대장의 뇌리에는 강대한 네뷸리스 황청의 모습이 생생하게 떠올라 있었다.

"눈에는 눈, 이에는 이. 나도 고류 무술 수행을 하러 가야겠어!"

"무슨 말씀을 하시는 거예요?!"

크나큰 착각.

이스카는 당장 산속에 틀어박히려고 하는 미스미스 대장을 필사적으로 말려야 했다.

File.03

너와 나의 최후의 전장,
혹은
익명 상담 BOX

the War ends the world /
raises the world
Secret File

CONFIDENTIAL

1

세계 최대의 군사 국가 『제국』.

이 나라에서 가장 엄격한 경비 체제가 갖춰져 있는 곳은, 제도에 우뚝 솟아 있는 천수부(天守府).

천제가 살고 있는 건물이었다.

그 건물의 가장 깊숙한 곳에서.

『흐아아암…….』

커다란 하품.

아주 귀여운 목소리가 반투명한 커튼 너머에서 들려왔다.

『심심해. 너무 심심해서 이대로 녹아버릴 것 같아.』

천제 융메룽겐.

제국 최고 권력자의 실루엣이 커튼 건너편에서 희미하게 흔들렸다.

큼직한 귀와 꼬리.

사람이 아닌 짐승의 모습이 어렴풋하게 비쳐 보이고 있었다.

『지루함은 신들도 죽인다는 말을 했던 사람이 누구더라? 저기, 리샤. 멜른은 지금 정확히 그런 기분이야. 너무 심심해서 고통스러워.』

"그게 좋은 거예요. 폐하."

그렇게 딱 잘라 말하더니 리샤는 고개를 들었다.

리샤 인 엠파이어.

검은 테 안경을 쓴 영리해 보이는 여성이었다. 천제의 참모라는 요직을 맡고 있지만, 주된 임무는 이렇게 천제의 잡담에 어울려주는 것이었다.

"지난 1주일 동안 이 세계는 평화로웠습니다. 네뷸리스 황청에서도 눈에 띄는 움직임은 없었고요. 물론 우리 군대와의 사소한 싸움이 발발한 지역은 있습니다만."

세계 양대 강대국의 전쟁——.

기계로 된 이상향 제국과, 마녀들의 낙원 네뷸리스 황청. 이 두 나라는 100년이 넘게 전쟁을 계속하고 있는데 아직도 결판은 나지 않았다.

그렇긴 해도.

최근에는 쭉 서로 견제하듯이 대립하기만 할 뿐이지, 싸움이 대규모 전쟁으로 발전하지는 않았다.

『평화롭다? 그건 상관없어. 멜른도 피비린내 나는 이야기를 듣고 싶은 것은 아니야. 다만 멜른의 심심함을 어떻게 해소하느냐가 중요한 과제지. 그것을 해결하기 위해 천제의 참모인 네가 존재하는 거야.』

"그럼 잡담이라도 하실래요?"

『평화 말고는 이렇다 할 화제가 없잖아?』

"그럼 게임은요?"

『싫어. 넌 질 것 같으면 '앗, 유감이지만 회의 시간이 다 됐네요!' 하고 도망가잖아.』

"그럼 낮잠."

『좀 전에 89시간 동안 낮잠을 자고 일어났는데? 애초에 낮잠을 자는 것도 질려서 이렇게 심심해진 거라고.』

커튼 너머에서 한숨 소리가 들렸다.

그러나 곧.

『아, 맞다.』

천제의 목소리가 활기를 띠었다.

『좋아, 리샤. 그것을 해보자.』

"……그것이 뭔데요?"

영문을 몰라 고개를 갸웃거리는 리샤.

천제가 변덕스럽게 뭔가를 제안하는 것은 일상다반사지만, 워낙 돌발적이라서 천제의 참모도 그게 무엇인지는 예상하기 어려웠다.

"폐하, 이번에는 어떤 아이디어가 떠오른 거죠?"

『10년 전에 했던 그때 그 이벤트 말이야. 그걸 다시 해보자.』

"―――으읏?!"

그 말을 들은 순간.

리샤의 얼굴이 새파랗게 질렸다.

"설마 그거 말씀이세요?! 잠깐만요, 폐하. 그렇게 대책 없는 이벤트를 또 실행한다고요?!"

『천제는 한 입으로 두말하지 않아.』

커튼 건너편에서 고개를 끄덕이는 천제.

『리샤, 너에게 맡길게. 멜른은 한숨 더 잘 테니까, 그사이에 준비해줘.』

"윽, 뭐예요, 결국 또 주무시는 거예요?! 아니 폐하, 잠깐만요!"

리샤가 비명을 지르는 가운데——.

커튼 너머에서는 벌써 귀엽게 쌔근쌔근 잠자는 숨소리가 들려오고 있었다.

2

며칠 후.

제국군 기지의 어딘가에서.

"헉, 헉…… 애들아, 큰일 났어! 사건이 터졌어!"

제907부대의 대장 미스미스가 처음 보는 포스터를 끌어안고 회의실로 뛰어 들어왔다.

"엄청난 소식이라고!"

"보스가 '큰일 났다'라고 말을 꺼내면 항상 별것도 아니던데."

맨 처음 반응한 사람은 방구석에 앉아 있던 은발 저격수 진이었다.

"……그래서? 일단 물어볼게. 무슨 일이야?"

"이거 진짜로 굉장한 일이거든? 10년 전에 실시됐던 전설의 이벤트가 부활한대!"

　네, 아주 잘 물어보셨습니다.

　그런 식으로 미스미스 대장은 짠! 하고 포스터를 펼쳐 보여줬다.

　"그 이름은 바로『천제 BOX』! 10년 전에 대성황을 이루었던 이
벤트가 부활하는 거야!"

　"……뭐? 그게 도대체 뭔데."

　"어머, 진 군은 몰라? 저기, 이스카 군은 알지?"

　"나도 몰라요."

　진과 얼굴을 마주 보더니 이스카는 고개를 옆으로 흔들었다.

　천제 BOX라니, 그게 뭘까?

　이스카는 제도에서 태어나고 자랐지만, 아무리 그래도 10년 전
이벤트라면 자신은 아직 어린아이였을 것이다.

　그것은 머나먼 기억의 저편이었다.

　"10년 전이면 우리 둘은 나이가 한 자릿수밖에 안 되던 시절인
데요. 그러고 보니 어렴풋이 들어본 듯한 기억이 있나? 싶은 수
준인데……."

　"그걸 똑똑히 기억하는 내가 너희들보다 그렇게 나이가 많다는
거야?!"

　"아, 아니, 그런 뜻은……."

　"스물두 살인 누님은 나이가 너무 많아서 말이 안 통한다. 그렇
게 말하고 싶은 거지, 이스카 군! 이게 바로 세대 차이란 거야?!"

　"오해거든요?!"

흥분해서 말이 빨라진 미스미스 대장에게 어찌어찌 브레이크를 걸었다.

"아, 아무튼 대장님…… 이 포스터가 이벤트 알림 포스터란 거죠?"

"응. 좀 전에 기지 입구에서 발견했어. 아마 역이나 시내에도 붙어 있을걸?"

몹시 화려한 색깔로 그려진 알림 포스터.

천제 BOX 개설, 결정!

천제 BOX란——천제 폐하께서 국민의 질문이나 고민 상담에 대해 직접 답해주시고, 더 나아가 국민의 소원도 들어주시는 일대 이벤트입니다!

그런 내용이.

이스카가 쳐다본 포스터에 적혀 있었다.

"……국민의 질문이라는 건 뭡니까?"

"응, 알다시피 천제 폐하는 평소에 전혀 모습을 드러내지 않으셔서 별로 친숙하지 않잖아? 그러니까 '폐하는 평소에 뭐 하고 지내세요?'라든가 '좋아하는 음식은 뭐예요?' 같은 질문을 모집하는 거야. 그리고 그 질문에 폐하가 대답해주셔서 좀 더 친근감을 느끼게 한다! 뭐, 그런 거지."

"……아— 이해가 가네요. 확실히 수수께끼 같은 인물이긴 하죠."

이스카는 과거에 딱 한 번 면회를 허락받은 적이 있었다.

그러나 그때도 천제는 커튼 너머에 있어서 직접 얼굴을 맞댈 기회도 없었다.

요컨대 수수께끼투성이인 것이다.

그런 거물의 인품과 천성을, 이 천제 BOX를 통해 알게 된다는 기획이었다.

"대장님, 여기 이 『국민의 소원』이란 것은 뭐죠?"

"응, 이것도 장난 아니야! 예를 들어 10년 전 천제 BOX에서는 '공휴일을 늘려주세요'란 소원이 이루어져서 공휴일이 늘었거든. 그리고 또 '놀이공원을 만들어주세요'란 부탁이 실현돼서, 제도 변두리에 놀이공원이 생기기도 했어."

"그 놀이공원이 이것 때문에 만들어진 거예요?!"

놀이공원은 이스카도 기억하고 있었다.

어린 시절에 이유는 몰라도 갑자기 제도 변두리에 놀이공원이 생겼던 것이다.

"……아니, 그럼 일대 이벤트잖아요!"

"응, 그래서 그렇다고 말했잖아? 전설의 기획으로서 10년 전에도 크게 호평을 받았다니까. 그런 이벤트가 부활하는 거야!"

미스미스 대장이 눈을 빛냈다.

"제국 국민은 한 사람이 한 장의 투표용지를 받게 돼. 거기에는 뭘 적어도 상관없어! 어떤 고민이든 질문이든 소원이든, 전부 다 천제 폐하가 해결해주실 거야!"

"……와. 그거 확실히 재미있겠네요."

소원이 이루어진다면 국민은 당연히 기쁠 것이다.

소원을 이루어준 천제도 국민에게 좀 더 지지받을 수 있을 테고.

양쪽 모두 이득을 얻는 것이다.

"틀림없이 표가 아주 많이 모이겠는데요? 그 질문이나 소원이란 것은 폐하가 선택하시는 건가요?"

"아냐, 추첨이야. 10년 전에는 폐하가 한 장 한 장 추첨으로 뽑았을 거야. BOX에는 아마 수십만 명이 응모할 테니까 경쟁률도 높겠지만…… 그만큼 당첨되면 진짜 기쁠 테지."

휴. 그렇게 몹시 흥분하여 뜨거운 한숨을 내쉬는 미스미스 대장.

"재미있는 이벤트니까 매년 하면 좋을 텐데. 그러려면 엄청난 노력과 예산이 필요하다는 거야. 하긴, 놀이공원을 만들거나 공휴일을 늘리려면 여러 부서에 일을 시켜야 하지 않겠어?"

그러니까 10년에 한 번.

미스미스 대장이 이렇게까지 의욕을 불태우는 것도 이해가 가는 대형 이벤트였다.

"우리 같은 제국 병사들도 참가할 수 있나요?"

"물론이지!"

미스미스 대장이 고개를 끄덕였다.

"한 사람당 한 장씩 투표용지를 나눠 받을 거야. 그러니까 이스카 군, 진 군. 잘 부탁해."

"……부탁한다니요?"

"다 함께 투표용지에 적는 거야. 『귀엽고 사랑스러운 미스미스 대장의 급료를 세 배로 늘려주세요』라고."

"그걸 왜 적어요?!"

"에이, 걱정 마! 나도 적을 테니까. 네네한테도 부탁할 거고. 당첨 확률은 이로써 네 배! 내 급료가 세 배로 늘면 이스카 군도 기쁘지 않겠어?!"

"전혀 안 기쁜데요?!"

"이 볼펜을 빌려줄게!"

"너무 성급한 거 아니에요?!"

벌써 볼펜부터 내밀고 보는 미스미스 대장.

아직 투표용지도 못 받았는데 김칫국부터 마시고 있었다.

"폐하한테 소원을 빈다면 뭔가 더 나은 선택지가 있을 것 같은데……."

"그러게 말이다. 흥, 바보 같아."

조그맣게 중얼거리는 진.

"한 사람당 한 장이란 것은, 소원도 한 사람이 하나만 빌 수 있다는 뜻이잖아. 그렇게 소중한 종이를 써서 보스의 시시한 소원을 적으란 게 말이나 되냐? 급료를 더 받고 싶으면 스스로 열심히 일하면 되잖아. 애초에──."

그렇게.

논리적으로 완벽한 진의 설교 도중에 회의실 문이 벌컥 열렸다.

"여러분, 네네가 돌아왔어요!"

그러면서 안에 들어온 사람은 선명한 붉은 머리 소녀 네네였다.

점심시간에 푹 쉬고 나서 돌아온 것이었는데, 이스카와 동료들이 주목한 것은 네네가 양손으로 붙잡고 있는 종이였다. 처음 보는 듯한 백지.

"이스카 오빠! 천제 BOX라는 거, 알아?"

"마침 그 이야기를 하고 있었어. 그런데 저기, 네네? 혹시 네가 양손에 들고 있는 것은……."

"응! 투표용지. 우리 모두의 몫을 받아 왔어!"

4인분.

이스카, 진, 네네, 그리고 미스미스 대장의 몫이었다.

"네네야, 기다렸어—!"

그런 네네를 돌아보면서 미스미스 대장이 환성을 질렀다.

"자, 투표용지에 적어줘. 『귀엽고 사랑스러운 미스미스 대장의 급료를 세 배로 늘려주세요』라고. 이스카 군과 진 군도 협조해줄 거야!"

협조하지 않습니다.

협조 안 한다니까.

그렇게 이스카와 진이 중얼거리는 가운데 네네는 놀라서 눈을 동그랗게 떴다.

"헉?! 이 천제 BOX란 것은 그런 소원도 들어줘?!"

"응, 그렇다니까? 네네야!"

"그럼 네네는 네네의 급료를 세 배로 늘려 달라고…… 아니, 제국 근처에 있는 무인도 하나를 받아서 네네 전용 비밀기지를 만들고 싶어!"

"그게 말이 돼?!"

반사적으로 소리를 지르는 이스카.

미스미스 대장의 소원도 어처구니없었지만, 네네는 그보다 더 심했다.

"아무리 이게 천제 BOX여도 그렇지, 그렇게까지 자기 마음대로 할 수 있을 리가──."

"이야기는 다 들었다!"

벌컥! 하고.

분명히 잠겨 있던 문이 힘차게 열렸다.

"안녕? 제907부대 여러분! 천제 BOX의 모든 것을, 천제의 참모인 내가 설명해줄게!"

"······어? 리샤 씨?"

불쑥 나타난 천제의 참모를 보고 이스카는 어리둥절하여 고개를 갸웃거렸다.

이 사람이 왜 우리 회의실에 나타난 걸까.

"후후후. 너희의 이야기 소리가 들렸거든."

"이 방은 완전 밀폐, 완벽 방음일 텐데요····· 뭐, 아무튼 리샤 씨가 와주셔서 다행이에요. 실은 저희가 좀 궁금한 것이 있거든요."

"흐음? 뭔데? 이스캇치."

"미스미스 대장님과 네네가 천제 BOX에다가 말도 안 되는 소원을 적어 보내려고 하고 있는데요…….”

“구체적으로는 무슨 소원?”

“미스미스 대장님은 『급료 세 배』이고, 네네는 『무인도 내놔』입니다.”

“다 가능해.”

“가능하다고요?!”

“왜냐하면 천제 폐하니까.”

당연하다는 듯이 리샤가 팔짱을 끼고 말했다.

“이스캇치, 너도 잘 알잖아? 세계에서 가장 큰 나라의, 가장 높으신 분이야. 다시 말해 세계 최고의 권력자란 거지. 뭐든지 할 수 있다고.”

“……그건 잘 알고 있지만요.”

“아― 이해해, 이해해. 이스캇치. 폐하에게 뭔가 부탁을 하더라도, 뭐든지 좀 적당히 해야 한다는 거지? 하지만 상관없어. 어차피 비슷한 소원이 제국 전체에서 몇 만 통이나 날아올 테니까. 사람들의 생각은 다 비슷비슷하거든.”

그런 현실도 다 감안한 이벤트인가 보다.

미스미스 대장과 네네가 다른 소원을 빌더라도, 어차피 이 넓은 제국에는 비슷한 소원을 비는 사람이 얼마든지 있을 것이다.

“아―. 아니다, 하나 정정할게. 비슷비슷하다는 표현은 적절하지 않았어. 이스캇치.”

“그게 무슨 뜻이죠?”

"훨씬 더 심하다는 뜻이야. 이를테면『제국 전체의 미소녀들은 모두 다 발가벗고 살아야 한다는 법률을 만들어주세요』라는 소원도 최소 1만 개는 접수될 거야."

"그건 너무하잖아요?!"

이 광대한 제국에는 그런 변태가 적어도 1만 명은 있나 보다.

"난감하게도 이 천제 BOX란 것은 폐하의 변덕의 산물이거든. 이것이 어떤 위험을 내포하고 있는지 알겠니? 이스캇치."

"……그게 무슨 말씀이세요?"

"만에 하나 이 소원이 당첨된다면, 그 법률은 반드시 실제로 만들어질 거야."

"농담이죠?!"

오직 미소녀만 발가벗고 살아야 한다는 법률. 그런 것이 실현되면 진짜 말세일 것이다. 전 세계가 제국을 차가운 시선으로 바라볼 것이다.

"하, 하지만, 천제 폐하잖아요. 상식이란 것이 있으실……."

"아니, 그 반대야! 폐하이기 때문에 그런 짓을 해버린다는 거야. 왜냐하면 심심해서 죽을 것 같으니까! 실현하기 어려운 일일수록 더 기쁘게 열심히 해낼걸?!"

"그런 짓을 막는 것이 천제의 참모의 역할이잖아요?!"

"그건 불가능해."

리샤가 즉시 대답했다.

"심심해 죽을 지경인 폐하는 말이지, 심심함을 달래기 위해서라면 뭐든지 다 해버린다고! 아무 생각도 없이 그저 재미있겠다~ 하고 말이지! 덤으로 예산이나 기일 따위는 생각도 안 하고!"

"그런 사람이 한 나라의 최고 지도자여도 진짜 괜찮은 거예요?!"

"그러니까 미리 선수 쳐서 걸러내기를 해야 하는 거야……."

리샤가 빙글 뒤를 돌아봤다.

그리고 네네가 들고 있는 투표용지 네 장을 가리키며 말을 이었다.

"이건 비밀인데. 실은 폐하가 BOX를 개봉하기 전에 몰래 투표용지를 선별하고 있거든. 천제 BOX에는 수백만 통이나 되는 편지가 들어 있는데, 방금 예로 든 것처럼 황당무계한 소원도 있고, 또 진짜로 무의미한 질문이나 고민 상담도 많이 있단 말이야."

"……예를 들면요?"

"『남편 코 고는 소리가 너무 시끄러운데 어떻게 좀 해주세요』라든가, 『우리 집 고양이가 가출했습니다. 혹시 아세요?』라든가."

"상상했던 것보다 열 배는 더 무의미한 질문인데요?!"

"진짜로 온다니까! 이런 것들이!"

리샤가 책상을 탕! 하고 두드렸다.

"그래서 그런 것들은 미리 따로 빼내는 거야. 하지만 기계로는 할 수 없으니까 그게 다 인간의 수작업이야. 그래서 제국군에서 일할 사람을 모집하는 거지."

그 순간──.

회의실의 분위기가 달라졌다.

훈훈했던 분위기가 갑자기 긴장감 넘치는 싸늘한 분위기로 변해버린 것이다.

"…………"

"…………"

"…………"

"…………"

"어머, 왜 그래? 제907부대 여러분. 일제히 입을 다물었네?"

한없이 부드러운 리샤의 미소.

그러나 네 사람은 알고 있었다. 리샤가 이렇게 웃을 때는 위험하다는 것을.

"그런데 미스미스. 다음 주에 시간 있어?"

"뭐?"

고개를 드는 미스미스 대장.

지금 이 이야기를 안 듣고 있었던 것처럼 어리둥절한 표정으로 대꾸했다.

"아, 미안, 리샤야. 잠깐 딴 생각을 하느라 못 들었어."

그렇게 말하면서. 미스미스 대장은 흩어져 있던 펜을 정리하고, 테이블 위에 놓여 있는 종이 자료를 재빨리 바인더에 꽂아 넣었다.

고속 철수 작업이었다.

"좋아, 됐다!"

그대로 미스미스 대장은 빠르게 몸을 돌렸다.

"천제 BOX 구인 작업은 힘내봐, 리샤야. 우리는 다음 훈련을 하러——."

"어이쿠, 손이 미끄러졌네."

리샤가 리모컨을 누른 순간, 회의실 문이 잠겼다.

이제 막 방에서 나가려고 하던 미스미스의 눈앞에서.

"헉, 갇혔잖아?!"

"어머나, 미스미스. 어디 가려는 거야?"

쓱 일어나는 리샤.

검은 테 안경을 수상하게 빛내면서 슬금슬금 다가가 미스미스를 방구석으로 몰아넣었다.

"실은 내가 좀 부탁할 것이 있거든. 들어줄래?"

"안 들을래, 안 들어, 안 듣는다고?! 난 그런 귀찮은 부탁 따원 들어주지 않을 거야!"

"천제 BOX의 걸러내기 작업을 할 사람이 필요해. 앞으로 네 명 정도."

"아니, 안 듣는다고 했잖아——?!"

"어이쿠, 그런데 이런 우연의 일치가? 이 회의실에 믿음직한 동료들이 네 명이나 있네? 그래, 나를 위해 모여준 거구나?!"

"리샤, 네가 우리를 찾아온 거잖아?!"

"미스미스."

"윽?!"

궁지에 몰렸다.

미스미스의 등이 벽에 딱 붙었고, 리샤가 진지한 얼굴로 그런 미스미스를 내려다봤다.

"우리들. 친구지?"

"……으, 으읏!"

"부.탁.할.게. 응?"

잠시 침묵이 흘렀다.

이스카와 동료들이 지켜보는 가운데, 약 1분쯤 버티다가.

"………………………네……."

미스미스 대장은 결국 체념했다.

3

이리하여 천제 BOX 응모가 개시됐고.

그 반향은 어마어마했다. 제국 전토에 설치된 BOX에 제국 사람들의 투표용지가 끊임없이 들어왔다. 매일 수만 통이나 되는 편지가 들어온 것이다.

그것이 제도로 운반되어——.

"개봉한다!"

좌르르르르.

리샤가 개봉한 BOX를 거꾸로 뒤집자, 수천 통이나 되는 종이가 테이블 위로 눈사태처럼 쏟아져 내렸다.

"오늘 들어온 가장 빠른 편지야. 앞으로도 계속 들어올 테니까 꾸물거릴 틈은 없어."

"…………."

"그렇지? 미스미스!"

"……네에."

힘없이 늘어지는 대답을 하는 미스미스.

"……흐윽. 귀중한 휴일인데, 왜 새벽 4시에 일어나서 기지 회의실에 집합해야 하는 거지……?"

"자, 시작한다. 제907부대 여러분!"

미스미스의 투덜거림은 가볍게 무시해버리고 리샤는 손뼉을 쳤다.

"폐하가 읽으시기 전에! 터무니없는 소원이나 고민 상담을 철저히 걸러내자!"

"저기요, 리샤 씨?"

머뭇머뭇 손을 드는 네네.

"그런데 어떤 질문이나 소원을 제외시키면 되는 거예요? 참고용 샘플 같은 건 있어요?"

"그런 것은 없어. 네네땅."

"뭐라고요?"

"이건 적당히 감으로 하는 거야. 참고용 샘플과 비교한다? 그런 번거로운 짓까지 했다간 도저히 끝낼 수 없는 양이야. 네네땅이 스스로 판단해서, 폐하가 보셔도 될지 안 될지 대충 결정하면 돼."

"여, 열심히 해볼게요!"

투표용지를 집어 드는 네네와 리샤.

그런 두 사람을 흉내 내어 이스카와 다른 동료들도 선별 작업을 개시했다.

우선 첫 번째 편지. 테이블 위에 산더미같이 쌓여 있는 용지들 중 맨 위의 것을 집어서 거기 적힌 질문을 훑어보다가——.

"우와, 처음부터 너무 심한데?!"

질문을 한번 보자마자 이스카는 얼굴을 찡그리고 말았다.

"리샤 씨, 상담할 것이 있는데요. 벌써부터 악의적으로 장난치는 글이 나왔거든요?"

"흐음? 읽어봐, 이스캇치."

"네, 어……『안녕하세요? 천제 폐하. 자, 질문입니다. 폐하, 오늘 입은 속옷은 무슨 색깔이에요? 형태는요? 후후후』——라니, 이건 대놓고 장난치는 거잖아요. 이런 것을 탈락시키면 되는 거죠?"

"그건 세이프야."

"세이프라고요?!"

정말 의외였다.

오히려 이스카가 깜짝 놀랐다.

"하, 하지만 리샤 씨?! 이건 천제 폐하를 바보 취급하는 거잖아요?!"

"폐하는 마음이 넓으셔서 허용해주실 거야. 참고로 천제의 참모로서 대답하자면, 폐하는 평소에 속옷을 안 입으셔."

"아니, 그게 무슨?! 처, 천제 폐하는 평소에 어떻게 생활하시는 거죠?!"

그 순간.

진이 끼어들었다.

"이봐, 사도성 씨. 이쪽은 소원인데. 『친애하는 폐하에게 부탁드리고 싶은 것이 있습니다. 제국 사령부의 여의사 미카엘라가 입었던 잠옷을 가지고 싶습니다. 베개도 한 세트로』. ……뭐야? 이 변태는. 취미가 고약하군. 이건 아웃이겠지?"

"세이프야."

"세이프라고요?!"

또다시 날카롭게 따지는 이스카. 그러나 리샤는 자신만만한 말투로 말했다.

"응, 괜찮아. 어차피 추첨이잖아? 천제 폐하가 뽑을 확률은 수백만 분의 1밖에 안 돼."

"……그, 그런가요?"

"그렇다니까. 이스캇치. 선별 작업은 이제 막 시작됐잖아. 이런 내용에 일일이 반응했다간 버티지 못할 거야."

그런 리샤에게.

미스미스 대장이 투표용지 한 장을 움켜쥐고 다가왔다.

"리샤야, 리샤야!"

"응, 미스미스. 뭐 재미있는 투표용지라도 발견했어?"

"어, 그게…… 『천제 폐하에게 부탁할 것이 있습니다. 제국군 남자 병사들이 하나같이 너무 촌스럽습니다. 훈련 중에도 몸가짐에 신경 써서 항상 머리를 단정히 하고, 땀이 나면 냄새 제거 스프레이를 사용하고, 전투복이 더러워지면 먼지를 떨어내라고 지시해주시길 바랍니다』라는데?"

"그건 꼭 채용되면 좋겠네."

"그게 채용되면 훈련을 제대로 할 수 없잖아요?!"

무섭다, 천제 BOX.

이스카가 보기에는 이런 소원들이 채용됐다가는 진짜로 큰일 날 것 같은데, 아무래도 이 사전 심사는 생각보다 더 기준이 느슨한 것 같았다.

"앗! 이거 대발견이야!"

그때 네네가 큰 소리로 외쳤다.

"대장님, 리샤 씨! 미스미스 대장님의 이름이 적힌 소원을 찾았어!"

"내 이름?!"

미스미스가 즉시 달려들었다.

천제에게 부탁하는 내용. 거기에 설마 자신의 이름이 적혀 있을 줄이야.

"혹시 몰래 나를 사모하는 팬인가?! 어휴, 난감하네. 인기인은 이래서 문제야! 네네야, 그거 좀 읽어줄래?"

"응. ──『천제 폐하께 부탁드립니다. 제국군 소속 미스미스란 여대장은 소행이 불량하고 성적도 최하위인데도 몹시 잘난 척을 하면서 상관 노릇을 하고 있습니다. 동료 여대장으로서 가만히

두고 볼 수 없어요. 게다가 얼굴과 몸집은 다 어린애 같은데도 가슴만 큰 것도 짜증납니다. 폐하의 힘으로, 부디 그 여자의 가슴을 떼어내도록 명령을 해주세요』."

"아니, 가슴이 무슨 죄인데?!"

큼직해서 눈에 띄는 가슴을 허둥지둥 가리는 미스미스 대장.

"동료 여대장이라니…… 이거 설마, 피리가 쓴 거 아냐?!"

피리에 커먼센스 대장.

틈만 나면 미스미스를 라이벌로 여기면서 적대시하는 여대장이다. 이 소원은 십중팔구 피리에가 미스미스를 괴롭히려고 한 것이리라.

"아무리 천제 폐하한테 부탁한다 해도, 내 가슴을 떼어내는 것은 안 돼! 이건 아웃이야!"

"아니, 세이프야."

"저기 리샤야?! 세이프가 아니야, 이러면 내가 곤란하다고! 내 가슴이!"

"에이, 왜 그래. 진정해."

얼굴이 새빨개진 미스미스의 머리를 쓰다듬어주는 리샤.

"미스미스, 어른스럽게 굴어야지. 이게 널 괴롭히려는 수작이란 것은 누구나 다 알아. 천제 폐하도 틀림없이 보고 웃으실걸?"

"……그런가?"

"그래. 천제 BOX는 완전 익명제. 누가 무슨 내용을 써도 상관없기 때문에 개개인의 자유로운 아이디어가 튀어나올 수 있는 상황이지!"

리샤가 양팔을 확 펼쳐 보이면서 말했다.

"그러니까! 미스미스의 가슴이 다소 떨어져 나가는 것쯤은 허용되는 거야!"

"내가 허용할 수 없거든?!"

"그것을 허용해주는 것이 천제 폐하의 넓은 도량이겠지."

사이좋게 노는 리샤와 미스미스.

그런 두 사람의 대화를 들으면서도 작업은 계속하다가——.

"리샤 씨."

"응, 왜? 이스캇치."

"아…… 아뇨, 죄송해요. 리샤 씨를 부른 게 아니라, 리샤 씨의 이름이 적힌 투표용지가 있어서요."

"흐음?"

리샤의 눈이 무척 흥미롭다는 듯이 번쩍 빛났다.

"뭐, 나도 천제의 참모이니까. 말하자면 유명인이잖아? 폐하에게 보내는 편지에 내 이름이 나오는 것도 당연하지. 이스캇치, 일단 읽어볼래?"

"……『위대하신 천제 폐하께 질문을 드립니다. 폐하의 참모인 리샤 인 엠파이어라고 하면 제국군 내에서도 모르는 사람이 없을 정도로 유명한 인물. 용모도 단정하고 지적이고 몸매도 최고. 애교도 있고 부하한테 신뢰도 많이 받는 인기인』."

"흐응, 잘 아네?"

"『그렇게 본인은 믿고 있는 것 같은데요』."

"……응?"

"『그처럼 거만하게 구는 게 정말로 꼴 보기 싫어요. 그냥 좀 머리가 좋고 군사학교의 성적이 좋다고 해서, 부하를 너무 막 대하고 쪼잔하게 군단 말이죠. 화장도 안 하고. 섹시하지도 않은 그 안경도 특별한 게 없고. 그 여자의 모든 것이 짜증납니다』."

"…………………………."

리샤가 움직임을 멈췄다. 종이의 내용을 읽어주는 이스카의 눈앞에서, 그 애교 있는 눈빛이 순식간에 섬뜩하게 예리한 느낌으로 변해갔다.

"『결국 그 리샤란 여자는 그저 거만하게 굴고 있는 거죠. 언젠가 그 안경을 라이트 스트레이트로 확 깨버리고 안면에 푸른 멍을━━━━』."

"이스캇치."

계속 이야기하려고 하는 이스카의 목소리를 가로막는 천제의 참모의 한마디.

"……아, 네? 리샤 씨."

"그 종이, 이리 줘."

"아, 알겠습니다!"

그 투표용지를 꽉 움켜쥐는 리샤.

뭐 하려는 걸까?

긴장한 얼굴로 지켜보는 제907부대. 그들 앞에서 리샤는 갑자기 가방 속에서 투명한 비닐봉지를 꺼냈다.

"……리샤야, 그게 뭐야?"

"지퍼백. 타인의 지문이 더 이상 묻지 않게 하려고."

조심스런 미스미스의 질문에 진지하게 대답하는 리샤.

리샤는 지퍼백에 투표용지를 넣어서 봉하고 그대로 가방 속에 집어넣더니, 이번에는 품속에서 통신기를 꺼냈다.

그리고——.

"아— 여보세요. 감식반이지? 난데. 일을 하나 맡길게."

울려 퍼지는 리샤의 목소리.

"천제 BOX 건으로 지금부터 중요한 증거품을 하나 보낼 거야. 지문 감정 및 필적 감정을 해줘. 내용으로 보건대 범인은 분명히 군 관계자야. 모든 데이터베이스를 조회해서 이 용지에 남아 있는 지문과 비교해봐. 그래서 범인을 찾아내면 즉시 체포——."

"아니, 체포는 하면 안 되잖아요?!"

허둥지둥 끼어들었다.

이스카도 이 상황의 당사자로서 가만히 듣고만 있을 수는 없었다.

"리샤 씨, 좀 기다려 봐요! 누구인지 알아내는 것은 엄금이에요. 왜냐하면 천제 BOX잖아요? 누가 썼는지 모르는 익명이라서 가치가 있는 것이다. 그렇게 리샤 씨가 본인의 입으로 말씀하셨잖아요!"

"……익명이라."

리샤가 몹시 무기질적인 목소리로 그렇게 중얼거렸다.

"하지만 이스캇치. 때로는 대의를 위해 익명을 희생해야만 하는 경우도 있어."

"아니, 물론 이 편지는 악질적이지만…… 그래도 장난질의 범위에 속합니다. 왜냐하면 아까 미스미스 대장님에 관한 편지는 세이프였잖아요?"

"세이프였지."

"천제 폐하의 속옷 색깔을 물어보는 것도 괜찮아요?"

"괜찮지."

"그, 그럼 이것도——."

"이건 아웃."

"자신에 관해서만 엄격하잖아?!"

"아냐, 이스캇치! 이것은 사건의 냄새가 나!"

리샤는 지퍼백에 집어넣은 투표용지를 꽉 움켜쥐고 소리를 질렀다.

"천제의 참모인 나를 음해하려는 중대 범죄야. 꼭 범인을 찾아내고야 말겠어!"

"……그래요?"

"응, 그래. 나는 결코 나 자신에 관해서만 엄격한 게 아니야!"

열정적으로 주장하는 리샤에게.

미스미스 대장이 또 한 장의 투표용지를 내밀었다.

"리샤야, 이건 어때?"

"응? 미스미스, 뭐야?"

"어, 그러니까……『천제 폐하 안녕하세요. 저는 폐하한테 푹 빠졌어요. 폐하를 생각만 해도 밤잠을 이루지 못할 정도예요. 제발 폐하가 식사할 때 쓰신 식기(안 씻은 것)를 주셨으면 좋겠어요. 나이프와 포크와 스푼. 먹다 만 소스가 그릇에 묻어 있으면 이상적이고요. 으헤헤헤』……라는데."

"폐하의 열렬한 팬이구나. 폐하가 사용한 식기를 갖고 싶어 하다니, 어지간한 팬인가 봐."

"하지만 리샤야. 마지막의『으헤헤헤』란 부분이 너무 수상하지 않아?"

"전혀 아닌데? 오히려 폐하에 대한 사랑이 넘쳐서 호감도가 올라갈 정도야."

거침없이 OK 사인을 보내는 리샤.

그런 리샤 앞에서 미스미스는 또 다른 투표용지를 꺼냈다.

"실은 이것과 비슷한 소원이 또 있는데……『천제 폐하 안녕하세요. 저는 폐하의 참모인 리샤 님의 광팬입니다. 그분의 모습을 상상하기만 해도 밤에 잠이 안 와요. 그러니 폐하의 힘으로, 리샤 님이 착용하셨던 셔츠와 속옷(안 빤 것)을 주셨으면 좋겠어요. 흙이 묻고 땀이 배어 있는 옷이 이상적입니다. 으헤헤헤』……란 내용이야."

"아웃."

"아웃?!"

"마지막의 그『으헤헤헤』가 기분 나빠. 꽤 심한 변태잖아."

"그럼 20초 전에 했던 말은 뭔데?!"

"자, 다들 서두르자! 아직 선별 작업은 남아 있으니까!"

"진짜 엉망진창이잖아?!"

이리하여.

리샤의 절대적 (불)평등 판정에 휘둘리면서, 수십만 통이나 되는 투표용지의 선별 작업은 밤샘을 거쳐 무사히 종료되었다.

그리고 이벤트 당일——.

천재 BOX는 폭발적인 반응을 불러일으켰고.

많은 사람들이 기획 종료를 아쉬워하는 가운데 이 이벤트는 막을 내렸다. 여기까진「해피엔드」라고 할 수 있었지만.

"……결국 내 가슴을 떼어내라든가, 폐하의 팬티 색을 알려 달라든가, 그런 소원은 하나도 뽑히지 않았구나……. 그냥 정상적인 상담이나 소원이 압도적으로 많았으니까……."

"……저희의 그 필사적인 선별 작업의 의미는 뭐였을까요."

"……네네는 이제 지쳤어."

"……난 다시는 안 할 거다."

대성황을 이루었던 천재 BOX의 무대 뒤에서.

이스카와 동료들은 시체처럼 쓰러져 입을 모아 중얼거렸다.

이런 이벤트 따윈 지긋지긋하다고.

——그런데.

제907부대의 이런 비밀스런 노고는 알지도 못한 채, 제국에서 멀리 떨어진 곳에서 경쟁심을 불태우는 한 소녀가 있었다.

　"천제 BOX라고?!"
　네뷸리스 황청의 왕궁에서.
　앨리스는 제국의 정보지를 잡아먹을 듯이 들여다보고 있었다.
　"……대성황, 폭발적인 반응…… 흥, 그래. 적이지만 꽤 재미있어 보이는 이벤트를 하는구나. 우리 황청도 질 수 없지!"
　앨리스는 눈동자 속의 뜨거운 투지를 불태우면서 힘차게 외쳤다.
　"린, 린! 거기 있어?!"
　"…………."
　"바로 옆에 있으면 대답을 해야지, 응?"
　"……아뇨, 왠지 앨리스 님이 또 이상한 아이디어를 실행시키려고 하시는 것 같아서요."
　갈색 머리 소녀는 앨리스 옆에서 "휴" 하고 크나큰 한숨을 쉬었다.
　앨리스의 시종인 린이었다.
　"그 '또'란 표현은 마음에 걸리지만, 어쨌든 재미있는 아이디어가 떠오른 것은 사실이야."
　"……어차피 제국의 천제 BOX에 대항하려는 아이디어 아닌가요? 여왕님께 보내는 편지 BOX 같은 이벤트라도 하시려고요?"

"아니, 굳이 어마마마를 귀찮게 할 필요는 없어."

"그렇다면?"

"『앨리스 BOX』야!"

"그냥 앨리스 님이 놀고 싶어서 하는 기획이잖아요?!"

"황청 전체의 고민이나 상담 내용을 모집하는 거야. 그리고 내가 그것을 해결해주는 거지. 자, 어때?"

"……글쎄요, 그렇게 물어보셔도…….."

린이 천장을 우러러보며 크게 한숨을 쉬었다.

"이벤트 실시. 확정인가요?"

"물론이지!"

"……알겠습니다. 단, 앨리스 님. 황청 전체 규모의 이벤트라면 예산과 시간이 너무 많이 듭니다. 그러니 우선 왕궁 및 왕궁 주변 지역으로 한정해서 실시해보시면 어떨까요? 투표용지도 한 1,000장 정도로 제한해서."

"하지만 제국은 수십 만 장이나 했는데?"

"호평받으면 그때 이벤트 지역을 넓히면 됩니다. 여왕님께 말씀드리지 않고 진행시키는 기획이잖아요. 처음에는 그 정도면 충분할 거라고 생각합니다."

"……알았어."

앨리스도 고집불통은 아니었다. 여기서는 린의 의견을 채용하기로 했다.

투표용지는 1,000장.

이 왕궁과 왕궁 주변의 민가에만 투표용지를 나눠주는 한정 이벤트로 실시할 것이다.

"자, 린! 계획은 정해졌으니 당장 준비를 시작하자. 앨리스 BOX를 전 세계로 확장시키기 위해서!"

"……제국 표절 아이디어."

"방금 뭐라고 했어?"

"아뇨. 그럼 내일 중으로 BOX를 대상 지역에 설치하겠습니다. 모집 기간은 3일 정도면 될까요?"

"좋아!"

만족스럽게 고개를 끄덕이더니 앨리스는 눈을 반짝 빛냈다.

"아아, 재미있겠다! 대체 어떤 고민이나 상담 편지가 날아올까?!"

앨리스 BOX 설치.

두근두근 설레는 마음으로 마감일까지 기다린 지 3일——.

"오래 기다리셨습니다. 앨리스 님."

"응, 기다렸어!"

린이 거대한 BOX를 들고 왔다.

그 안에는 산더미같이 쌓인 수백 장이나 되는 투표용지가 들어 있었다. 전부 다 앨리스에게 보내는 질문이었다.

"다 합쳐서 387통입니다."

테이블 위에다 투표용지의 산을 만들어가는 린.

"솔직히 말씀드리자면 예상보다 더 반응이 컸습니다. 모집 기간이 3일밖에 안 되니까 기껏해야 편지 몇 통만 오겠지……라고 생각했는데, 이렇게 많은 편지가 왔네요. 역시 제국에서 큰 반응을 불러일으킨 이벤트다워요."

"아냐, 린. 이게 바로 나의 인덕이란 거야!"

테이블 위에 쌓인 온갖 질문들.

전부 다 대답하기는 시간 관계상 어려워서 아쉽지만 추첨 방식을 사용하기로 했다.

"대답은 내가 할 거니까, 질문은 네가 골라줘. 린."

"알겠습니다. 그럼 시작합니다."

린이 수북한 투표용지더미의 한가운데 부근에서 종이 한 장을 뽑아냈다.

"앨리스 님, 질문입니다. ……어머? 익명이지만 성령 부대 병사의 질문인 것 같네요."

"좋아, 덤벼봐!"

"네, 그럼…… 『친애하는 앨리스 왕녀님. 외람된 질문이오나, 전부터 궁금했던 것이 있습니다』."

"뭘까?"

"『앨리스 님은 얼음의 성령술사이십니다. 그리고 전장에서는 매우 아름다운 드레스를 입고 계시죠. 그런데 그 드레스가 좀 얇아 보여서 신경 쓰였습니다』."

"어머나? 내 옷에 관한 질문이구나?"

앨리스의 드레스는 앨리스의 체형에 딱 맞게 만든 오더메이드였다.

무도회용 드레스처럼 대담하게 맨살을 노출시킨 우아한 섹시함과 화려한 아름다움이 특징이었다.

"내 드레스의 어디가 신경 쓰이는 걸까?"

"『질문입니다. 앨리스 님은 그렇게 얇은 옷을 입고 전장에 나오셔서 심지어 얼음의 성령술로 냉기까지 발산하시는데, 춥지 않나요?』"

"춥지."

"추워요?!"

린이 놀라서 눈을 동그랗게 떴다.

"어머, 린. 너는 아는 거 아니었어?"

"몰랐어요……. 왜냐하면 앨리스 님은 얼음의 성령술을 쓰면서도 추워하는 티를 낸 적이 없잖아요. 그러니까 아, 괜찮은가 보다 했죠."

"꾹 참는 거야. 내가 추워서 벌벌 떨면 폼이 안 나잖아."

공공연하게 밝히진 않았지만——.

실은 얼음의 성령술을 발동시킬 때 앨리스도 다소 추위를 느꼈다. 그렇다고 머플러나 장갑을 착용하는 것도 좀 꼴사나우니까, 전장에서는 그런 티를 안 내지만.

"나 자신의 성령술이니까 다소 냉기를 억제할 수는 있지만, 얼음 위에 서면 차가움도 직접 전달되거든. 그래서 발과 어깨가 차가워지지 않게 하느라 고생한다니까."

"……질문 모집도 의미가 있네요. 그 덕분에 의외의 사실을 새로 발견했어요."

감탄한 것처럼 고개를 끄덕이는 린.

"자, 다음 질문을 해도 될까요?"

"물론이지. 해봐!"

"다음 질문자는 익명인데 닉네임이 있습니다."

"읽어줘."

"네, 그럼──닉네임『세 자매의 막내』님이 보내신 질문입니다.『앨리스 왕녀에게 질문을 해보겠습니다. 저에게는 두 언니가 있는데, 그 언니들 때문에 크게 곤란을 겪고 있습니다』."

"어머, 신기한 우연이네. 나도 여동생과 언니가 있는데. 그쪽도 세 자매구나?"

앨리스는 둘째였다.

한편 이 질문자는 아마도 막내인 것 같았다.

"우리 셋째 딸인 질문자는 도대체 무엇이 곤란한 걸까?"

"그럼 이어서 읽겠습니다──『무엇이 곤란한가 하면, 언니들은 둘 다 조숙해서 여성으로서 엄청난 발육을 보여주고 있습니다. 더구나 본인들은 그것을 자각도 없이 주장하고 있어요. 노출이 심한 옷을 입어 가슴팍을 슬쩍 보여주기도 하고, 와락 껴안을 때 제 얼굴에 꽉 눌러 붙이기도 하고. 정말이지 부럽──아니, 화가 납니다. 그런 언니들에게 동생으로서 어떻게 대항하면 좋을까요?』…… 아니, 설마 이 질문자는……?"

"린, 왜 그래?"

"아뇨, 그냥 혼잣말을 좀 해봤습니다. 앨리스 님. 이 질문은 어떻게 하시겠어요?"

"글쎄……."

잠시 묵고를 해봤다.

세 자매라는 공감되는 부분도 있으니까. 여기선 진지하게 대답해야 할 것이다.

"하나 신경 쓰이는 점이 있어. 저기, 린. 이 질문에는 여성으로서 엄청난 발육이란 표현이 나오잖아? 이게 명료하지가 않아. 구체적으로는 도대체 뭘까?"

"앨리스 님."

린이 갑자기 심각한 눈빛으로 말했다.

"질문의 분위기를 보면, 이 질문자는 꽃다운 나이의 소녀일 겁니다. 감수성이 발달한 소녀의 고민거리라면 당연히 가슴밖에 없죠!"

"정말?"

"……아, 물론 앨리스 님은 자랑하는 쪽에 속해 있으니까요. 고민해본 적도 없는 앨리스 님이 이런 질문에 대답하기는 좀 어려울지도 모릅니다."

"아냐, 린!"

이쪽을 싸늘하게 흘겨보는 린. 그런 린을 향해 앨리스는 당당하게 단언했다.

"내가 대답하지 못할 질문 따윈 이 세상에 단 하나도 없어!"

"그 자신감은 어디서 나오는 건데요?!"

"그러니까 내가 대답해줄게. 질문자 씨, 당신은 큰 착각을 하고 있어!"

한 번 숨을 크게 들이마시더니.

"우리 모두는 다르고, 우리 모두가 특별한 거야! 세 자매의 막내라고 해서 꼭 언니를 의식할 필요는 없어. 괜히 신경을 곤두세우면서 억지로 이기려고 드는 행위는 당신의 품격을 손상시킬 뿐이야!"

"우와?!"

린은 저도 모르게 박수를 쳤다.

"훌륭하십니다, 앨리스 님! 웬일로 그렇게 정상적인 의견을 내놓으셨어요?!"

"자, 린을 봐!"

그런 린을 가리키는 앨리스.

정확히 말하자면——린의 평평한 가슴을 가리키고 있었다.

"린도 밤마다 가슴이 커지는 운동을 꼬박꼬박 하고 있잖아. 이런 긍정적인 노력을 본받아야 해!"

"저의 사생활을 국민 앞에서 폭로하지 말아주실래요?!"

"……휴."

"게다가 '난 완벽하게 대답했어' 하고 만족하는 듯한 그 표정은 또 뭔데요?!"

"응? 아니 뭐, 그게 사실이니까."

앨리스는 자신만만하게 가슴을 활짝 펴고 힘차게 고개를 끄덕거렸다.

"국민의 고민을 진지하게 듣고 애정을 담아 대답한다. 아아, 좋아. 이거야. 이게 바로 왕녀라고! 앨리스 BOX를 설치한 보람이 있어!"

"⋯⋯아직 두 개밖에 대답을 안 하셨잖아요? 아, 하지만 슬슬 시간이 다 됐네요."

벽시계를 바라보는 린.

오후 3시. 스케줄상 지금부터 대신과의 회의가 있다.

"아쉽지만 여기서 끝내셔야 합니다. 앨리스 님. 나머지는 회의 후에 하세요."

"⋯⋯어휴, 이제 막 재미있어졌는데. 그럼 린, 마지막으로 딱 하나만 더 하자. 그 질문에 대답해주고 끝낼게."

"네, 그럼 마지막 질문입니다."

산처럼 쌓인 질문 편지들 속에서 린이 아무렇게나 한 장을 뽑아낸 후──.

"익명 씨께서 보내주신 편지입니다.『친애하는 앨리스 님』⋯⋯ 아⋯⋯ 이건⋯⋯."

린의 입이 멈췄다.

읽으려고 했던 글을 뚫어져라 들여다보면서, 뭔가 거북한 듯한 표정으로 잠시 생각에 잠기더니──.

"다른 질문으로 합시다."

"무슨 소리를 하는 거야? 린. 일단 골랐으면 대답해주는 것이 앨리스 BOX의 규칙이야. 자, 읽어봐."

"……그럼 사양하지 않고 읽겠습니다."

린이 딱딱해진 입술로 말했다.

『친애하는 앨리스 님께 고민 상담을 신청합니다. 저는 평생 모시겠다고 속으로 결심한 주인님이 있습니다. 그런데 최근 들어 그분이 한 남자에게 집착하셔서 곤란해졌습니다. 그 남자는 기막히게도 우리 황청의 적인 제국 사람. 그것도 증오스러운 제국 병사입니다.』"

"뭐?!"

그 고민 상담에 대해——.

앨리스는 저도 모르게 진심으로 경악과 탄식의 소리를 내고 말았다.

"어머, 안 돼! 황청의 국민이 제국 사람에게 마음을 빼앗겨버리다니. 그건 주인으로서 실격이야. 이 편지를 보내온 시종도 지금 곤란해 하고 있잖아!"

"…………."

"그렇지? 린! ……응?"

그쪽을 돌아봤더니.

어째서일까. 린은 묘하게 기막혀하는 표정, 아니, 맥 빠진 표정을 짓고 있었다.

"린?"

"……네, 그렇죠. 무척 고생하고 있습니다."

"뭐?"

"이 고민 상담은 여기서 끝이 아닙니다. 다음 내용은──『저는 걱정이 됩니다. 제 주인님이 그 제국 병사에게 지나치게 집착하느라 진정한 자기 자신을 잃어버린 것 같아서요. 그런 여성이 가까운 곳에 있다면, 앨리스 님은 어떻게 하시겠어요?』."

"그거야 답은 하나밖에 없지!"

앨리스는 망설임 없이 말했다.

"빨리 정신 차리라고 그 여자를 설득할 거야. 아니, 됐으니까 지금 당장 그 여주인을 내 앞으로 데려와!"

"아하?"

번뜩. 그 순간 린의 눈동자가 빛났다.

"앨리스 님은 전적으로 반대하신다. 그런 거죠?"

"물론이지. 나는 그 여주인을 위해 이렇게 대답할게. 황청 사람이 제국 병사와 관계를 맺으면 결국 파멸하는 수밖에 없어. 제국과 황청은 공존할 수 없는 존재니까!"

"…………."

"어, 린?"

"네, 바로 그렇습니다. 앨리스 님!"

린이 소리를 질렀다.

마치 앨리스의 이런 대답을 기다렸던 것처럼 주먹까지 불끈 쥐고 있었다.

"린, 왜 그래? 왠지 기합이 들어간 것 같은데."

"앨리스 님! 자기 가슴에 손을 얹고 곰곰이 생각해보세요."

"뭐?"

"방금 그 질문과, 자기 자신의 처지에 관해서!"

"……내 처지?"

어리둥절하여 눈을 깜빡거렸다.

자신은 공존할 수 없는 두 나라의 관계를 기준으로 질문에 대답했을 뿐이다. 그런데 이것이 자신의 처지와 무슨 상관이 있다는 걸까.

"전혀 짚이는 것이 없는데."

"아뇨, 있을 텐데요!"

"응? 린, 무슨 소리를 하는 거야?"

고개를 갸웃거렸다.

그 모습을 본 린은 "어휴, 진짜!" 하고 머리를 긁적이며 말했다.

"좋아요. 그럼 대답해드릴게요. 그 제국 검사에 관한 이야기입니다. 이스카 말이에요. 그런데도 짚이는 게 없다고 딱 잡아떼실 수는 없을 테죠!"

"──뭐라고?!"

린이 언급한 검사의 이름. 그것을 들은 순간, 앨리스는 저절로 얼굴이 뜨거워졌다.

제국 검사 이스카.

전장에서 마주쳐 호각으로 싸웠고, 아직까지도 결판을 내지 못한 상대였다. 분명히 앨리스와는 가장 인연이 깊은 제국 사람인데.

"이, 이스카가 왜? 뭐?!"

"그렇게 말을 더듬는 시점에서 본인도 스스로 알고 있는 거겠죠. 그 검사와 전장에서 만난 다음부터 앨리스 님의 상태가 이상해졌다고요!"

"……뭐라고?!"

설마.

자신의 시종한테서 이렇게 대담한 말을 듣는 날이 올 줄이야.

"내가 이스카에게 지나치게 집착한다니…… 린, 너는 나, 나랑, 이스카가 서로 사랑에 빠지기라도 한다는 거야?!"

"그렇게까지 말하진 않았는데요…….."

"더 나아가 결혼까지 한다고?!"

"망상이 지나치십니다?!"

"나와 그가…… 높이가 1m나 되는 웨딩 케이크를 사이좋게 자른다고 말하고 싶은 거구나!"

"완전히 이성을 잃으셨는데요, 앨리스 님!"

"──으, 응? 어머, 내가 왜 이러지……?"

린이 붙잡아 말리자 앨리스는 겨우 정신을 차렸다.

"어휴, 이거 봐요. 그 제국 검사 이야기만 나오면 역시나 확 표변하신다니까."

"린, 네가 헷갈리는 말을 해서 그렇잖아?! ……어험. 그래, 마침 잘됐다. 뭔가 오해하는 것 같으니까 이참에 말해둘게."

린 앞에서 심호흡을 했다.

아직도 가슴이 두근두근 빠르게 뛰는 것은 비밀로 하면서.

"나와 이스카는 라이벌이야! 그 이상도 그 이하도 아니라고. 깨끗하고 올바른 적대 관계라는 의미에서는, 내가 그에게 집착하고 있는 것은 사실이야. 하지만 그것은 흔히 사람들이 말하는 남녀 관계와는 달라."

"깨끗하고 올바른 적대 관계라니, 그런 문구는 처음 들어보는데요……."

"아무튼! 이 건은 여기서 끝. ……누구의 질문인가 했더니, 린 너였구나?"

"우연히 뽑았습니다."

"어휴…… 이걸 마지막으로 끝내려고 했는데, 방금 그건 노카운트야. 다음이 진짜 마지막이야. 알았지?"

"알겠습니다."

정말로 이것이 마지막 질문 편지.

앨리스가 지켜보는 가운데 린은 수북한 질문 편지들 속에서 하나를 꺼냈다.

"이게 마지막이야, 린."

"네, 그럼──『친애하는 앨리스에게. 고민 상담을 하고 싶습니다. 나에게는 세 딸이 있습니다. 일리티아, 앨리스리제, 시스벨이라는 사랑스런 딸들입니다』……어?"

"……그것 참 익숙한 이름들이네."

린이 읽은 이름. 그것은 앨리스를 포함한 왕녀 세 자매의 이름이었다. 그리고 질문자는 아마도 세 자매의 어머니인 듯했다.

"저기, 린. 나 굉장히 불길한 예감이 드는데……."

앨리스의 뺨을 타고 흐르는 땀.

왕녀를 「딸」이라고 부르는 인물은 이 왕궁에 하나밖에 없다. 즉——.

"앨리스 님. 편지의 다음 내용은 어떻게 할까요?"

"……계속 읽어줘."

"네. 어——『나의 세 딸은 다들 무척 사랑스럽고 착한 아이들입니다. 그런데 최근 들어 둘째인 앨리스 때문에 난처해하고 있습니다. 그 애는 틈만 나면 왕녀의 직무를 내팽개치고 거창한 이벤트를 즉흥적으로 기획해서 신나게 놀고 있거든요. 이번에도 앨리스 BOX라는 질문 상자를 왕궁 곳곳에 설치해놓은 것 같습니다』."

"…………."

"『앨리스, 마감이 1주일이나 지난 서류에는 아직도 사인을 안 했나요?』."

"다, 당장 하겠습니다, 어마마마!"

앨리스 BOX를 내팽개치고——.

앨리스는 왕녀의 서재로 뛰어가는 것이었다.

순간만 있으면 충분하다

the War ends the world /
raises the world
Secret File

신규 스토리

이따금 그런 생각이 든다.

물어보고 싶은 것이 있다.

내가 아닌 누군가가. 누구든 좋으니까 가르쳐줬으면 좋겠다.

내 앞에서 걸어가는 양복 차림의 피곤한 회사원도 좋고, 저쪽 길가에 우두커니 서 있는 경비원도 좋고, 걸으면서 화장을 하는 젊은 여자도 좋다. 누구든 상관없다.

10년 후의 목표라는 게 있나?

목숨 걸고 이루고 싶은 꿈이 있나?

어린 시절에「이런 어른이 되고 싶다」라는 주제로 글을 써본 적은 있나?

온갖 색연필을 다 써서, 반짝반짝 눈을 빛내면서「어른이 된 자신」을 도화지에 그려본 적이 있나?

꿈을, 미래를.

부모님에게 기분 좋게 이야기해 본 적은 있나?

나는 있었다.

그리고 전부 다 잊었다.

이 황청은 성령술사의 낙원이라고.

그렇게 믿으면서 자랐다. 하지만 알고 보니 성령술을 쓰지 못하는 성령술사인 나 같은 사람은, 이 나라에서 설 자리가 없다는 현실에 부딪치게 되었고——.

　그리하여 어릴 때부터 꿈꿨던 「이상적인 미래」는 와르르 무너져 내렸다.

　어른이 된 나는 이런 일을 하고 싶다.

　나는 그 꿈을 잃어버렸다.

　더할 나위 없이 엉성한 이 자칭 「낙원」에서.

　나는…….

　무엇을 하면서 살고, 어떻게 죽어야 할까?

　자기 목숨을 어떻게 써야 할지 모르겠다.

　그리고——.

　일리티아 루 네뷸리스 9세라는 왕녀는 그런 자신과는 반대였다.

　나와 정반대인 여자였다.

　무엇을 하면서 살고, 무엇을 하다가 죽을지. 그런 비전을 그 누구보다도 강하게 가지고 있었다.

　그것은 틀림없이——.

　내가 어린 시절에 잃어버렸던 「내 인생의 꿈」이나 「어른이 된 자신의 모습」을, 그 누구보다도 강하게 움켜쥔 채 놓치지 않았기 때문일 것이다.

　하지만 이 왕녀에게는 그것을 실현시킬 힘(성령)이 없었다.

이상(理想)을 공유할 만한 동료도 없었다.

그녀에게는 자신을 받쳐줄 기사가 필요했다.

나, 요하임 레오 아르마델은――.

그녀를 위해 살다가 죽고 싶었다.

1

네뷸리스 황청.

모든 성령술사의 낙원이라고 불리는 나라에 겨울이 찾아왔다.

가로등 전구가 얼어붙고, 두꺼운 머플러를 둘러도 어금니까지 추워서 덜덜 떨리는 극한의 추위. 그러나 이 「낙원」은 겨울 난방비조차 준비하지 않는다.

결국 말하자면――.

일을 해라.

내일이 약속되지 않는 일용직에 종사함으로써, 간신히 오늘 하루를 위한 빵값과 난방비를 손에 넣는다. 혹은 고용주의 기분이 좋다면 수프값 정도는 덤으로 받을 수도 있다.

"……거참 굉장한 낙원이구나."

동전 네 개.

귀가 떨어져 나갈 정도로 추운 바람을 맞으면서 일한 결과, 내가 오늘 번 돈의 총액이다.

참고로 고용주의 기분은 좋지 않았다.

기르는 고양이가 난로에 가까이 다가갔다가 화상을 입었다나, 뭐라나. 그래서 내 수프값은 사랑하는 고양이의 병원비로 사용된 모양이다.

"……나는 반려동물 이하인가."

그렇다.

부자에게 가난뱅이의 가치는 고양이보다 낮은 것이다.

아, 그래. 나도 안다. 이렇게 눈매도 사납고 덩치도 커다래서 아무리 봐도 불량해 보이는 나 같은 놈보다는, 집에서 마음의 평화를 가져다주는 반려동물이 훨씬 더 소중하겠지.

하지만.

이에 대해 굴욕을 느끼는 것도 내 자유가 아니겠는가?

하루하루가 납득이 안 갔다.

지금까지 어렴풋이 느끼고 있었던 위화감이 점점 나이가 들수록 커져갔다.

나는 하루하루 사는 것조차 쉽지 않아 고생하고 있는데, 어째서 부자들은 저렇게 반려동물에게 마음껏 돈을 쓸 수 있을까?

내가 공원의 물로 허기를 달래는 밤에도 저놈들은 마음껏 와인을 벌컥벌컥 마시고 있다.

대체 이 차이는 뭘까?

다 같은 사람, 같은 성령술사인데.

모든 성령술사의 낙원이 네뷸리스 황청. 그렇게 찬양하고 싶다면, 이 차이를 한번 설명해봐라.

아, 그래. 나도 안다.

이것은 패배한 가난뱅이의 푸념일 뿐이다.

분하다면 열심히 일해라. 남에게 주목받을 정도로 멋지게 일해서 스스로 출세해봐라.

"……그래, 기어 올라가면 되잖아."

이 세계는 그런 색을 띠고 있다.

어린 시절에 색연필로 그림을 그렸던 도화지는 무슨 색이었는가? 새하얀 종이가 아니었던가?

나의 도화지(세계)는 새카만 색이었다.

아무리 알록달록한 연필로 그림을 그려도, 새까만 도화지에는 꿈의 무지개도 그릴 수 없다. 그게 마음에 안 든다면 스스로 기어 올라가는 수밖에——.

"야, 요하임!"

"……."

누가 내 이름을 부름과 동시에 어깨를 붙잡았다.

그쪽을 돌아보고 싶지 않았다. 술 냄새 나는 입김이 얼굴에 닿는 게 싫었다. 내가 그런 생각을 하고 있는데, 그때 그놈의 악우가 내 앞으로 이동했다.

"으하하하! 드디어 너도 둔해졌구나? 어때, 내가 있는지도 몰랐지? 자, 이번에야말로 내가 내기에서 이겼——."

"저 앞의 두 번째 모퉁이. 차가 좌회전하는 순간을 이용했지?"

"윽!"

"당장 내놔, 라우젠."

손짓할 필요도 없었다. 갈색 머리 남자는 "쳇!" 하고 동전 한 닢을 이쪽으로 던져줬다.

이로써 오늘 저녁밥에는 수프가 곁들여지게 되었다.

"이 신경질적인 놈아!"

"감수성이 풍부하다고 해줘."

라우젠은 전직 소매치기 상습범이자 현직 마술사였다.

이 일대에서 미친 듯이 활개치고 다녔던 소매치기인가 본데, 범죄에서 손을 씻은 지금도 남의 지갑을 빼앗았다가 즉시 돌려주는 질 나쁜 재주를 선보이는 모양이었다.

"뭐, 이번에도 상대가 너무 강했어."

평소에도 신경을 곤두세우고 있어서 그런 걸까. 나는 언제나 경계심을 풀지 못하는 성격인 것 같았다.

아무리 졸리거나 지독하게 지쳤어도, 언제나 나의 마음 한구석은 저절로 긴장하고 있었다. 그래서 눈매도 사나워지는 것이리라.

"야, 요하임. 내 동전으로 술이나 한잔 마시자, 응?"

"이것은 내 야채수프 값이야."

"……흥. 가난뱅이 주제에 밥 먹는 데에는 열심히 돈을 쓰는구나."

"술보다는 낫지. 아무튼 좀 떨어져, 술 냄새 난다."

자꾸 자신에게 기대는 악우와 함께 거리를 걸었다.

해 질 녘이지만 하늘은 잿빛이었다. 당장이라도 비나 눈이 내릴 것 같은 겨울 하늘 아래에서 낡은 코트 깃을 세우고 걸어가고 있는데.

————————노랫소리가, 들렸다.

여자 목소리.

간신히 그것만 알 수 있었다.

"……?"

그것을 눈치챈 순간 나는 무심코 멈춰 섰다.

노래를 잘해서 그런 게 아니었다. 나처럼 교양 없는 남자는 누가 노래를 잘하는지 못하는지 알 수 없었다. 내가 멈춰 선 이유는 「흔치 않은 일」이라서 그런 것이었다.

이곳은 도시의 큰길.

길거리의 스피커를 통해 들리는 건가? 하고 생각했지만, 실은 그게 아닌 듯했다.

"…………."

"응?! 요하임, 야, 왜 그래?!"

뒤에서 라우젠이 불렀지만, 대답할 이유 따윈 없다.

애초에 대답할 내용도 없었고.

단지 '큰길에서 노랫소리가 들리는 것이 신기하다'라고 생각했을 뿐이다. 띄엄띄엄 들려오는 그 목소리를 찾아 모퉁이를 돌았더니──.

광장이 나왔고.

그곳에 수백 명이나 되는 군중이 모여 있었다.

"……야외…… 자선 콘서트 같은 건가?"

분수 주위에 군중이 모여 있었다.

여가수는 아마도 그 분수 가장자리에 서서 노래하고 있는 것 같았다. 이런 한겨울에 이렇게 착해 빠진 짓을 하는 게 누굴까. 거참 신기한 녀석이구나.

얼굴이나 한번 보고 가자.

빽빽하게 밀집해 있는 청중 속으로 말없이 밀고 들어가서 분수 앞까지 다가갔다.

그리고 거기 서 있는 여자를 쳐다본 순간──.

나는 말문이 막혔다.

"…………."

미의 여신이 거기 있었다.

구불구불 굽이치는 머리카락은 더없이 아름다운 금빛 에메랄드그린.

이목구비가 단정한 그 외모는 아름다웠고, 눈빛은 자애로 가득 차 있었다.

나이는 아마도 자신과 비슷한 나이…… 스무 살 전후일까. 어른스러운 외모도 그렇지만, 저절로 눈길이 가는 것은 그 성숙한 육체였다.

풍만한 가슴의 두 언덕은 얇은 드레스를 안에서부터 도드라지게 밀어 올리고 있었다.

──여신 같은 미모와, 악마 같은 마성의 색향.

이 여자는 누구인가?

대답하지 못할 사람은 이 나라에는 없을 것이다.

현재의 네뷸리스 여왕에게는 세 명의 딸이 있다. 「루 가문의 세 자매」. 그중 장녀인 일리티아 루 네뷸리스 9세.

그것이 저 여자의 이름이다.

"……이렇게 좁은 광장에 저런 거물이 등장하다니."

군중이 모이는 것도 납득이 갔다.

소문과 마찬가지로, 아니, 소문보다 더 엄청난 미모.

TV에 나오는 모습보다도 가까이에서 보는 왕녀의 모습은 훨씬 더 아름답……지만…….

그래서 뭐가 어떻다고?

열광적으로 지켜보는 군중 속에서, 유독 차가운 나의 눈빛은 꽤 기이해 보였을 것이다.

아름답다.

그것은 나에게는 단지 짜증 나는 대상일 뿐이었다. 남녀의 차이는 있을망정, 이렇게까지 쉽게 군중을 사로잡는 미모를 가지고 태어나서──.

……아주 편한 인생이겠지?

……여신 같은 미모와, 태어나자마자 주어진 왕녀라는 절대적

지위.

태어날 때부터 승리자.

그것은 나에게는 선망의 대상이 아니라 그저 질투의 대상에 불과했다.

"…………."

집에 갈까.

그렇게 생각하고 돌아가려고 했는데──.

마치 벼락 맞은 듯한 충격이 내 등줄기를 훑고 지나갔다.

"어?"

반사적으로 뒤를 홱 돌아봤다.

나 같은 녀석이 어떻게 이 사실을 깨닫지 못했을까?

"…………대체, 어떻게……."

분수 가장자리에 서 있는 왕녀.

수백 명이나 되는 군중한테 둘러싸여 일거수일투족을 관찰당하는 이 상황에서, 일리티아 왕녀는 잿빛 겨울 하늘을 등지고 여신처럼 애정 어린 미소를 짓고 있었다.

"……어떻게 웃을 수 있는 거지……?"

너무 당연하다는 듯이 행동하고 있어서 전혀 의문을 느끼지 못했다.

날씨가 이렇게 추운데?

꽉 깨문 어금니까지 깊숙이 파고드는 지독한 추위.

군중은 누구나 겨울 코트와 머플러와 장갑을 착용하고 있었다.

당연했다. 안 그러면 당장 온몸이 덜덜 떨릴 정도로 추우니까.

그런데도 일리티아 왕녀의 모습은 상궤를 벗어나 있었다.

단 하나의 무대용 드레스만 걸친 모습.

……옷을 두껍게 껴입으면 발성에 방해되기 때문일까?

……아니, 그래도 춥지 않나?

분명 추울 것이다.

실제로 왕녀의 입술은 혈색을 잃고 새파란 색으로 물들어 있었다.

"……고문 같은 짓이구나."

이토록 추운 겨울 하늘 아래에서 드레스 하나만 입고 군중을 위해 계속 노래를 부른다.

나는 바로 그 점에 시선을 빼앗겼다.

저런 종류의 희귀한 미모는 타고나는 것.

하지만 이런 극한의 추위 속에서 밝은 미소를 유지하는 것은 그렇지 않다. 무시무시한 의지력이었다. 상궤를 초월한 것이었다.

……내가 저런 입장이었다면.

……참을 수 있을까?

애초에 그런 관점에서 이 상황을 지켜보고 있는 사람은 나밖에 없을 테지만.

그렇게 생각했을 때——.

"시시하군. 그냥 노래만 부르면 사람들도 금방 질릴 텐데."

나직하게.

내 등 뒤에서 악우 라우젠이 천박한 목소리로 그렇게 말하는 것이 귀에 들어왔다.

　"저 공주님 말이야. 한번 영감님 목소리로 노래를 해보면 좋을 텐데. 그게 훨씬 더 웃겨서 반응이 좋을걸?"

　"뭐?"

　"흥! 저 공주님의 성령 말이다."

　"……아, 그거."

　루의 제1왕녀 일리티아에게 깃든 성령은 「음성」.

　그것이 지독하게 운 없는 능력이란 것은, 황청에서는 기본 상식이었다.

　──음성의 성령은 그녀가 들은 적이 있는 음성을 재현한다.

　술자리에서 개인기를 선보일 때나 쓸 수 있는 능력이다.

　라우젠이 말한 것처럼, 저런 미모를 자랑하는 왕녀가 갑자기 노인같이 쉰 목소리로 말하기 시작한다면 분명히 군중은 크게 놀랄 테지만.

　"그런 짓은 안 하겠지. 웃음거리가 될 뿐인데."

　"흥! 뭔 소리를 하는 거야? 요하임."

　라우젠이 코웃음을 쳤다.

　"저 왕녀는 애초부터 그런 역할이잖아. 성에는 설 자리가 없는 거야. 생각해봐, 다른 왕녀들이 이런 겨울날 길거리에 나타나겠냐? 지금쯤 성에 있는 자기 방에서 따끈따끈한 밀크티나 마시고 있을걸?"

"……그렇군."

이제야 겨우 악우의 의도를 이해했다.

일리티아 왕녀는 절대로 여왕이 될 수 없다.

여왕이 되지 못하고 어두운 그림자 같은 일생을 성에서 보내는 것보다는, 차라리 웃음거리가 되는 것이 민중한테는 더 주목받지 않겠느냐? 하는 뜻이리라.

그게 왜 「절대로」인가.

그것은 일리티아 이외의 왕녀들이 전부 다 어마어마하게 강력한 성령술사이기 때문이다.

여왕 선발에서는 성령(힘)이 가장 우선시된다.

성령술사의 나라의 여왕은, 그 상징이 될 정도로 강력한 성령을 가지고 있어야 한다. 어린이라도 이해할 만한 논리였다.

……성령에게 사랑받지 못한 여자.

……아무리 왕녀여도 그 점 하나만은 나와 별로 다르지도 않구나.

여왕 후보로 꼽히면서도——.

전혀 기대와는 다른 성령을 가지고 태어난 왕녀는 아마도 성에서 주눅 들어 살고 있을 것이다. 악우의 이야기도 납득이 갔다.

"넌 자세히 아는구나. 라우젠."

"직업상 왕가의 이야기는 자주 듣게 되니까. 이 야외 콘서트도 그렇고."

라우젠이 가볍게 웃어넘겼다.

"일리티아 왕녀는 성에서는 아무도 상대해주지 않아. 그야 뭐, 당연하지. 여왕 후보에서 탈락한 왕녀와 한편이 되려고 하는 가신은 없으니까. 루는 앨리스리제, 히드라(태양)는 미젤히비가 가장 유력한 후보. 조아는 잘 모르겠지만…… 뭐, 아무튼 가신들도 전도유망한 왕녀를 선택하는 게 당연하잖아?"

"그래서 배척당하고 있는 건가."

"응, 그런 거지. 저거 봐. 저렇게 아름다운 공주님이 애교 있게 노래를 부르면, 당연히 민중은 완전히 속아 넘어가서 환호하게 되어 있지. ……하지만 그것도 왕궁에서는 웃음거리가 되는 거야. 저런 식으로 민중에게 아첨하는 것밖에 못 하는 왕녀다! 하고."

그러고 보니——.

다른 왕녀가 좀처럼 성에서 나오지 않는 것에 비하면 일리티아 왕녀는 적극적으로 밖에 나오는 편이었다.

이렇게 길거리에서 하는 자선 콘서트.

그 외에도 수많은 외국을 여행하면서 유세 활동을 한다는 이야기도 자주 들었다.

"민중 앞에 나타나는 것도 본인이 그러고 싶어서가 아니라, 왕궁에 혼자 있기 싫어서……란 거야?"

"소문으로는 그래. 뭐, 민중 대부분은 알지도 못하지만."

그렇군.

그것이 진실인지 아닌지는 왕녀 본인밖에 모를 테지만, 제법 설득력 있는 추측이었다.

단적으로 말해.

일리티아 왕녀는 그만큼 왕궁이 싫은 것이리라.

······불쌍한 양자택일의 결과인가.

······이런 혹독한 추위를 견뎌내는 것이, 갑갑한 왕궁에서 혼자 지내는 것보다는 더 낫다는 것인가.

성령에 관해서는 나도 생각하는 바가 없지는 않았다.

하지만 동정할 마음은 없었다.

설령 우리 둘 다「성령에게 사랑받지 못한」사람들이어도, 어차피 나는 최하층의 가난뱅이니까. 이렇게 막돼먹은 인간이 왕녀를 동정한다는 것은 참으로 웃기는 일이 아닌가.

오히려 내가 떠올린 것은──저걸 이용해볼 수 없을까?

그런 야심이었다.

"라우젠. 저 왕녀는 가신들한테도 버림받았다. 확실한 거지?"

"그래, 안 그러면 성에서 빠져나와 이런 광장으로 올 리가 없잖아?"

"······그렇군."

저 왕녀에게는 아군이 없다.

즉, 측근의 자리가 비어 있는 것이다.

서민이 왕녀의 측근이 된다? 물론 상식적으로는 불가능할 것이다. 하지만 저 왕녀만은 예외라서, 나 같은 서민도 파고들 틈이 있을 것이다.

······어디 한번 기어 올라가 볼까.

……이 세계에서는 오직 돈과 지위만이 절대적 기준이라면.

저 왕녀의 구두를 핥아줌으로써 측근이 될 수 있다면.

나는 기꺼이 굴욕을 받아들이겠다.

"라우젠, 만약에 말인데. 저 왕녀의 눈에 들 만한 기회가 있다면, 그건 뭘까?"

"……뭐?"

악우는 칙칙한 갈색 머리카락을 거칠게 헤집으면서 이쪽을 돌아봤다.

"왜 그래? 요하임. 너 설마 저 왕녀한테 첫눈에 반한 거냐?"

"난 그냥 수단만 물어보는 거다."

"성령 부대."

"……답이 즉시 튀어나오는군."

"뭐, 내가 그 답밖에 모르니까. 누구나 도전할 수 있지. 도전 자체는 가능해."

왕녀의 노래가 끝났다.

주위의 군중이 요란한 박수와 환호를 보내는 동안, 그들과는 달리 악우와 나는 그 왕녀의 뒤에 있는 근위병을 바라보고 있었다.

그래.

나는 저 근위병들 같은 지위까지 올라가고 싶다.

"이 나라에서 출세하고 싶다면 성령 부대에 들어가는 것이 가장 쉬운 방법이야. 그놈들은 제국군과 싸우는 영웅이니까. 그 싸움에서 공을 세우면 순조롭게 왕족한테 접근할 수 있지. 그리고 왕족의 마음에 들면, 저 근위병들처럼 등용문이 열릴지도 몰라."

"생각보다 더 현실적이군."

"꿈을 꾸는 녀석들은 많아. 4일만 지나도 꿈에서 깰 테지만……
자, 일할 시간이다."

악우가 휘청거리면서 등을 돌렸다.

그리고 한쪽 발을 질질 끌면서 민중의 무리를 헤치고 나아갔다.

"그럼 안녕. 요하임. 무사히 돌아온다면 다시 만나자."

"뭐? 무슨 뜻이야."

"나처럼 4일 만에 망가지지 않도록 조심하라고."

1주일 후.

나는…….

악우의 그 한마디가, 그놈이 나름대로 최선을 다해 해준 경고
였음을 온몸으로 이해하게 되었다.

2

모래 맛.

쇠 맛도 느껴졌다.

"———————이봐————번호——."

뭐냐.

그것은 나에게 하는 말이냐? 젠장. 머리가 깨질 듯이 아파. ……
아니, 잠깐만. 정말로 깨진 거 아냐? 그 정도로 심하게 아팠다.

"일어나, 지원번호 0091."

"……윽!"

이마의 찢어진 상처. 거기서 흘러내리는 피.

그것이 내 입으로 흘러 들어오고 있음을 깨닫고 나는 바닥에 엎드린 채 눈을 떴다. 그래, 나는 성령 부대 양성소에 지원해서——.

"실격이다. 짐을 싸서 나가라."

얄궂게도.

그런 시험 교관의 한마디에 의해 나는 모든 것을 기억해냈다.

아아, 맞아. 성령 부대 선발 시험 중이었지.

본디 체력에는 자신 있었으니까. 체력 선발 시험은 그럭저럭 통과할 수 있었다.

그러나 그다음 전투 선발 시험에서——.

"…………나는……."

"여기가 전장이 아니고, 내가 제국군이 아니라 다행이구나. 이봐, 지원번호 0084. 너는 합격이다. 다음 선발 시험으로 진출해라."

구두코가 툭! 하고 내 이마를 찼다.

흐려진 시야 속에서, 방금 나를 쇠막대기로 때렸던 지원자가 교관에게 꾸벅 인사한 뒤 떠나가는 것이 보였다.

……나는…… 일격에 쓰러진 건가?

……웃기지 마, 라우젠…… 너는 이런 선발 시험 속에서 4일이

나 버텨낸 거냐?

뼛속까지 스며들었다.

나는 똑똑히 깨닫고 말았다.

'어떻게든 될 것이다'란 것은 나 자신의 근거 없는 자만심이었다는 것을. 그리고 나 아닌 다른 지원자들은 얼마나 대단한 인재들인지를.

……젠장, 웃기지 마.

……나를 일격에 해치운 놈이, 아직 양성소에도 들어가지 않은 일반 지원자라고?

대체 얼마나 대단한 인재들만 모인 거냐?

성령 부대 본대쯤 되면 도대체 어떤 괴물들이 모인 거지?

"쳇, 이봐. 들것에 실어."

"…………거절……한다…………."

교관의 혀 차는 소리가 이렇게 자명종 시계를 대신할 줄이야.

욱신욱신하는 이마를 누르면서 나는 어금니를 꽉 깨물고 일어났다.

허! 정말이지 웃기는 이야기였다.

왕녀의 마음에 든다고? 출세해서 위로 기어 올라간다고? 헛소리. 나란 놈은…… 요하임인지 뭔지 하는 애송이는, 이토록 약한 주제에 남들보다 더 큰 야망을 가슴속에 품고 희희낙락하고 있었던 건가.

진짜 어릿광대는 그 왕녀가 아니라 나였구나.

그래서 화가 났다.

오늘 이 시간만큼 나 자신에게 화가 난 적은 없었다.

……그리고 또 하나.

……네놈들의 그 눈. 쓰러진 나를 내려다보는 그 냉정하기 짝이 없는 시선!

그들은 기막혀하고 있었다.

여기는 나 같은 사람이 올 만한 곳이 아니다. 뼈대 있는 인재들만 모이는 곳이다.

"……두고 봐. 기억해라…… 내 얼굴을…………!"

이대로 끝날까 보냐.

한 발, 또 한 발.

거칠게 숨을 몰아쉬면서 한마디를 툭 내뱉고, 나는 이 거만한 교관을 등지고 돌아섰다.

"……다음에는, 내 대결 상대와…… 네놈을 바닥에서 기어 다니게 만들어주마……."

모래를 씹으며 그 자리에서 쫓겨났다.

그것이 나와 성령 부대와의 첫 만남이었다.

─────────────

"안녕? 요하임. 살아 있었냐? 하하, 붕대만 감는 정도로 끝나서 그나마 다행인데?"

"……………."

뒤에서 누군가가 나를 탁 때렸다.

누구인지는 알고 있었다. 세 번째 앞의 인도에서부터 몰래 나를 따라온 악우 라우젠이었다. 빈말로도 아름답다고는 할 수 없는 그 얼굴은, 지금 머리에 붕대를 감고 있는 나를 쳐다보고 있었다.

거봐, 내가 말했잖아. 안 그래?

그런 표정이었다.

하지만.

이제는 아무래도 좋았다.

예전의 나였다면 "그 술 냄새 나는 얼굴 좀 치워라" 하고 밀쳐 냈을 테지만.

"응?"

아니나 다를까, 나의 무반응을 보고 어리둥절해졌는지.

악우는 묘하게 요란한 몸짓으로 빙글 돌아 내 앞으로 다가왔다.

"하하! 이거 참 웃기는구먼. 야, 요하임. 예상대로 호되게 당하고 와서 풀이 죽어버렸구나? 그래서 내가 말했잖아. 금방 꿈에서 깨어날 거라고."

"…………………."

"안타까운 이야기지. 내세울 것도 없는 우리들 같은 서민이 좀 더 나은 지위를 차지하려면, 가장 손쉬운 방법은 성령 부대에 들어가 무훈을 세우는 것인데. 알고 보니 그 성령 부대는 괴물들의 소굴이란 말이지. 그놈들도 저 높은 천상계의 천재들인 거야. 서

민과는 다르다고."

"그러게 말이다."

악우에게는 관심도 없었다.

그저 끊임없이 똑바로. 이 중앙주(中央州)의 변두리를 향해 나는 계속 걸어가고 있었다.

"내가 착각을 했어. 성령 부대의 선발 시험이 그렇게 쉬울 리가 없지."

"……으, 응. 그렇지? 그러니까——."

"세 들어 살던 집에서는 나왔어."

"뭐?"

"꿈에서 깨어났다."

히죽 입꼬리를 끌어올려 웃었다.

그냥 가볍게 웃을 생각이었다. 그런데 내 얼굴을 들여다본 악우는 흠칫 놀라 눈을 크게 떴다. 아마도 내가 생각보다 더 무서운 미소를 짓고 있었나 보다.

"네 말이 맞아, 라우젠. 그 성령 부대 놈들은 천재다. 아무것도 모르고 선발 시험에 참가하러 온 나를, 신나게 발로 뻥 차서 쫓아내더군."

"……그, 그랬구나."

"그 천재들을 확 해치워버리면 기분이 참 좋을 텐데."

이해했다.

나는 나를 깔보는 상류 계급 인간들을 몹시 싫어한다는 것을.

단순히 위로 기어 올라가기만 하는 게 아니다.

기어 올라가는 과정에서, 나를 깔봤던 성령 부대 인간들을 시원하게 해치워줄 거다. 모욕당한 만큼 복수해줄 거다.

"……흥, 좋아. 내 육체가 썩어 문드러질 때까지 철저히 단련해주마."

"뭐?! 자, 잠깐만, 너 무슨 말을──."

"그때까지 기다리고 있어."

더 이상 악우의 목소리조차 들리지 않았다.

그리고.

그 후로 있었던 일은 거의 기억나지 않는다.

내가 선택한 것은 도시 외곽에 있는 수련장이었다.

낮에는 그 수련장에서 혹독하게 훈련하고, 밤에는 사나운 맹수가 어슬렁거리는 위험 지역의 감시원으로 일했다. 육체를 단련하고 오감을 극한까지 갈고닦으면서──.

성령 부대의 훈련장에도 갔다.

철망에 들러붙어 그놈들의 전투 훈련 장면을 핏발 선 눈으로 뚫어져라 보면서 계속 공부했다. 그놈들이 어떤 과정을 통해 어떤 훈련을 받아 강해지는지.

그래. 강해지는 것이다.

그리고 모방하는 것이다. 모방하면서, 그보다 한 단계 더 높은 수준으로 가혹한 수련이 무엇인지 미친 듯이 생각해봤다.

그런 나날을 얼마나 보냈던가──.

그러던 어느 날.

철망에서 지켜보는 성령 부대의 훈련이 '별것 아니다'라고 느꼈을 때, 나는 환희에 차서 부르르 떨었다.

지금이라면 통할 것이다.

"……네 이놈들, 기다려라."

철망에서 손을 뗐다.

매일 몇 시간씩 움켜쥐고 있었으므로 그 철망은 내 손과 똑같은 형태로 일그러져 있었다.

"전부 다 해치워주마."

선발 시험에서.

그리하여 두 번째 선발 시험에서————————.

나는 두 번째로 실격을 당했다.

"…………."

흙먼지가 일었다.

성령 부대 지원자와 교관이 단 한 명도 남기지 않고 철수해서 비어버린 연습장에서.

나는 반쯤 넋을 놓은 채 자신의 뺨에 손을 댔다.

화상 흔적.

성령술의 불로 태워진 상처였다.

"……나는…… 패배한 건가…………."

체력 선발 시험, 상위 통과.

전투 선발 시험, 상위 통과.

그러나 4일째——즉, 마지막 성령 선발 시험에서 나는 아무것
도 하지 못했다.

"⋯⋯⋯⋯하⋯⋯ 하하하⋯⋯."

그래, 실은 어렴풋이 눈치채고 있었다.

나는 성령술을 발동시키지 못한다.

——성령술 결핍증.

나는 성령에게 사랑받지 못했다.

성령은 깃들어 있지만, 그것을 성령술로서 발동시킬 에너지가
없다.

이것이야말로 내가 일리티아 왕녀에게서 찾아낸 「나와 별로 다
르지 않은」 점이었다. 성령 지상주의인 네뷸리스 황청에서 천대
받는다는 공통점——.

한 명은 그저 조롱거리가 되는 성령술.

또 한 명은 성령술이 발동되지 않는 「성령술사 미만」.

둘 다 우스꽝스러웠다.

"⋯⋯⋯⋯나는⋯⋯⋯⋯."

그래서 졌다.

상대의 성령술에 대항하지 못한 것이다.

내 주먹이 닿지 않는 거리에서 일방적으로 날아온 불에 구워졌
다. 전투 기능이 부족하기 때문에 죽을힘을 다해 단련했는데, 그

것도 다 소용없어지는 수준 차이를 강제로 확인하게 되었다.

성령이라는 재능.

노력으로는 어떻게 할 수 없는 절망적인 격차를————.

"……그래서, 그게 뭐 어쨌다고?!"

넓고 텅 빈 광장에서 나는 하늘을 향해 포효했다.

"……그래서…… 뭐 어쨌다고!"

도저히 체념할 수 없었다. 이렇게 확실하게「단지 타고났을 뿐」인 재능의 차이 때문에 무참히 짓밟혔는데, 이걸로 "네, 졌습니다!" 하고 인정하라고?

그딴 것은 거절하겠다.

나 자신을 충동질하는 이 분노 덕분에, 나는 마침내 자신의 동기를 알게 되었다.

출세하고 싶다?

출세하고 싶으니까 강해지고 싶다?

아니다.

마음에 안 드는 것이다. 이 황청이란 나라와, 이 나라에서 나를 깔보는 모든 성령술사가 마음에 안 든다. 그것이 모든 동기의 근원이었다.

그놈들 전원이 나를 인정하게 만들고 싶다. 그런 목적으로 나는 강해지려고 했던 것이다.

"……대체 어떻게 해야 하는데!"

나는 그 자리에 네 발로 엎드려서 자신의 발밑을 응시했다.

땅바닥에 남아 있는 불의 흔적.

이 성령술의 흔적을, 눈을 부릅뜨고 관찰했다.

"성령 부대는 죄다 괴물들이다. 그놈들이 나를 인정하게 만들려면, 성령술 이외의 방법으로 압도하는 수밖에 없어…… 그래, 아무도 나를 이기지 못한다는 것을 깨닫게 해줄 정도로 강력한 힘으로……!"

최대 난관은──.

성령술을 쓰지 못하는 내가, 어떻게 성령술의 천재들을 이길 수 있을까?

……나는 멍청이다.

……내가 가진 것은 우직한 집념밖에 없다.

훌륭한 전술 따위 생각나지 않았다. 그런 내가 딱 하나 직감적으로 퍼뜩 떠올린, 가장 단순 명쾌하고 내 취향에 맞는 해답이 있다고 한다면.

────상대가 성령술을 쓰기 전에 해치운다.

이때부터.

나의 수련 방식은 변하기 시작했다.

처음에는 성령 부대에 합격하기 위한 수련이었을 텐데. 어느새 나는 성령 부대를 해치우기 위한 길, 즉 성령술사를 죽이는 길로 나아가기 시작했다.

"……그래. 내가 목표로 해야 하는 것은 궁극의 필살 선제공격이다……."

성령술이 발동되려면 한순간 준비 시간이 필요하다.

그렇게 발동시킬 틈도 주지 않고 상대를 해치울 수 있다면, 나는 성령 부대 선발 시험에서도 대결 상대한테 뒤지지 않을 것이다.

내 목표는 『순(瞬)』.

성령술을 쓸 새도 없이 순식간(瞬息間)에 상대를 처치하는 전투 기술.

"이곳은 황청이다. 성령술의 지식은 얼마든지 손에 넣을 수 있어. 온갖 성령술을 다 연구해버릴 수도 있지…… 그럼 이제 남은 문제는, 내가 얼마나 수련을 하느냐야…… 궁극의 필살 선제공격을……."

그리하여.

나는 수라가 되기 위한 수련을 시작했다.

어느새 나는──.

일리티아 왕녀의 마음에 들겠다는 야심조차 깨끗이 잊어버렸다.

이것이 훗날 『순(瞬)』의 기사라고 불리게 된 남자의 원류——.

　그 남자는 아직 몰랐다.

　자신이 추구했던 성령술사 죽이기의 이상적 형태. 즉, 궁극의 필살 선제공격.

　그것은 필연적으로——.

　흑강의 후계자 이스카와 완전히 동일한 전투 이념이 된다는 것을.

　두 사람이 그 사실을 깨달은 것은 그로부터 몇 년 후였다.

3

성령술사를 죽이기 위한 수련.

여기에 몇 년을 투자하느냐는 의미가 없다. 얼마나 잘 압축된 수라의 나날을 보내느냐. 바로 그것에 의해 사람이 달라진다는 것을 나는 내 몸으로 직접 깨닫게 되었다.

이번이 세 번째.

성령 부대 선발 시험도 이것이 마지막 도전이 되리란 예감이 들었다.

"············."

"허, 뭐냐?! 네놈의 얼굴은 본 적이 있는데? 또 왔──."

세 번째로 마주친 교관.

그 녀석은 나에게 무슨 말을 하려고 했다. 그러나 내 주먹을 맞고 쓰러졌다.

"지원번호 0009. 요하임 레오 아르마델."

술렁.

주위에 있던 지원자들이, 그리고 멀리서 보고 있던 현역 성령 부대가. 교관을 때려눕힌 나를 보고 경악하여 눈을 크게 떴다.

암, 그래야지.

나를 봐라. 내가 앞으로 무슨 짓을 하는지.

"제일 실력이 좋은 놈이 누구냐? 그놈을 때려눕히고 합격해야겠다.”

　나는 등에 짊어지고 있던 「흉기」를 손에 들고 자세를 취했다.

　천으로 둘둘 말아놓은 대검. 비싼 물건은 아니다. 녹슬어서 베는 맛도 거의 없는 고철덩어리지만, 이것도 나에게는 과분할 정도다.

　“자, 누가——.”

　그 순간.

　나는 등 뒤에서 뭔가가 확! 하고 타오르는 기척을 감지했다.

　——후방 5m.

　——공기가 불타는 소리. 이것은 「불」인가.

　바로 옆으로 뛰었다.

　뒤돌아볼 새도 없이 점프한 나의 옆구리를 스치고 지나가는 것이 있었다. 진홍색 불의 소용돌이. 한 아름은 될 듯한 불덩어리가 저 안쪽의 지면과 충돌해 폭발하더니 불꽃을 흩뿌렸다.

　“……흥, 뭘 좀 아는군.”

　치미는 웃음을 삼키면서 나는 등 뒤를 돌아봤다.

　방금 사각지대에서 불의 성령술을 발사한——성령 부대의 남자를.

　“……이걸 피하다니……?!”

　“감지당할 거라고는 예상하지 못했나? 뭐, 그래도 그게 정답이다. 네 판단은 옳았어.”

　정공법으로는 나를 이길 수 없다.

피부로 느꼈겠지? 그래서 내 등 뒤에서 가차 없이 불의 성령술로 공격한 것이리라. 그것은 전사에게는 꼭 필요한 직감이다.

다만——.

나는 이미 그런 싸움의 차원에서 벗어났다.

"마음껏 쏴봐. 사방팔방 어디서든."

그런 말을 뱉자마자 나는 바닥을 박찼다.

보법. 극도로 단련한 근력과 평형감각은, 이런 대검을 쥐고서도 여전히 빠른 속도를 유지하면서 파고들 수 있게 해준다.

——스스로 포위당하는 위치로.

"쏘지 않으면 베겠다."

"!"

내 살기를 뒤집어쓴 십수 명의 지원자들은 일제히 전투태세를 취했다.

불덩어리가, 번개가, 바람 칼날이.

온갖 성령술이 나에게 집중포화를 퍼부었다. 그 공격들을——날아오는 번개는 닿기 직전에 멈춰 서고, 몸을 비틀어서 보이지 않는 바람을 회피했다. 불덩어리는 대검으로 후려쳐 떨어뜨렸다.

"헉?!"

"……이럴 수가?!"

나를 제외한 모든 사람의 안색이 변했다. 정면에서 날아온 성령술은 물론이고 등 뒤에서 날아온 성령술까지 피하다니, 역시 이건 네놈들도 예상하지 못했을 테지?

"더 해봐. 더 많이 쏴보라고."

우연이 아니었다.

덮쳐오는 성령술의 궤적. 그것은 마치 허공에 페인트칠을 해놓은 것처럼 나에게는 선명하게 느껴졌다.

시각도, 청각도, 촉각도 아닌 감각. 물론 미각도, 후각도 아니었다.

──절대 영감(靈感).

성령술 결핍증에 의해.

나는 성령과 상대되는 존재가 되었다. 나에게 성령의 힘이란 것은「이물(異物)」이다. 고로 남들보다 아주 조금 더 민감하게 느낄 수 있는 것 같았다.

……우스울 정도로 사소한 차이. 남들보다 아주 조금 성령술에 대해 과민할 뿐.

……나한테는 그것밖에 없었다.

그래서 거기에 모든 것을 걸었다.

그 수련에 모든 것을 바친 결과, 나는 그것을 나만의 절대 영감(식스 센스)으로 승화시킬 수 있었다.

"기뻐해라. 사상 최강의 지원자니까."

나는 다른 지원자들이든 성령 부대든 전부 다 차별하지 않고, 나를 포위하고 있는 모든 성령술사를 향해 손짓했다.

"나의 선발 시험은, 순간만 있으면 충분하다."

그 후로는 허망할 정도로 일사천리였다.

눈앞에 있는 첫 번째 상대를 해치우고, 두 번째 상대를 해치우고, 세 번째와 네 번째 상대를 해치우고⋯⋯ 다섯 번째 상대는 없었다.

지원자도, 성령 부대도.

내 눈앞에 서려고 하는 사람은 어느새 사라졌다. 그리고 1주일 후——.

나는 세 번째 불합격 통보를 받았다.

"⋯⋯⋯⋯."

불합격.

그렇게 적힌 편지를 마구 구겨지도록 꽉 움켜쥐면서, 나는 왕궁의 안뜰에 서 있었다.

——불합격.

——사유3「조직적 관점에서 통솔에 지장을 줄 우려가 있음」.

요컨대 조직의 단결을 방해한다는 뜻.

아무리 강한 전사라도, 성령술을 쓰지 못한다면 부대의 협동 분위기를 해친다는 것이다.

그래, 정론이다.

그야말로 반론의 여지가 없었다. 너무 정당한 이유라서, 나를 동정해주는 내 편은 한 명도 없을 것 같았다.

"하⋯⋯ 하하⋯⋯."

메마른 웃음이 치밀어 올랐다.

어째서.

역시나.

두 가지 상반된 감정이 엉망진창으로 뒤엉켜 내 입에서 튀어나왔다.

"……하긴, 그런가."

나는 지금 이 순간까지도 마음속 깊은 곳에는 여전히 한 가닥 희망을 간직하고 있었다.

그 누구보다도 강해져서——.

그 누구보다도 강하다는 것을 증명한다면, 나처럼 성령술사가 되지 못하는 인간도 가치를 인정받을 여지는 있지 않을까? 하는 희망을.

그러나…….

이로써 정말 포기하게 되었다. 이 나라에는 내가 설 자리는 없는 것이다.

꿈에서 두 번 깨어났다.

이 결과가 전부였다.

네뷸리스 황청은 모든 성령술사의 낙원.

성령술사에게는 이상향. 그러나 그 낙원은, 성령술사가 될 수 없는 자에게는 자리를 내어줄 마음이 없는 모양이다.

"_____."

"꺅?!"

성령 부대의 여자 접수원이 비명을 질렀다.

끝없는 격노가 담겨 있는 내 눈을 보고.

"……흥."

뒤에 서 있는 성령 부대 사람들 몇 명을 힐끗 본 후.

나는 혀를 차면서 왕궁 안뜰을 뒤로했다. 됐어, 그만 포기하고 돌아가자.

————그러는 척하다가.

귀찮은 놈이 돌아갔구나! 하고 그놈들이 안도하여 긴장을 푼 순간. 나는 재빨리 수풀 속에 뛰어들어 숨죽이고 안뜰에 몰래 숨었다.

순간적인 충동.

나 자신도 전혀 생각도 안 해본 행동이었지만, 마치 본능처럼 격앙된 감정이 그런 행동을 일으켰다.

이대로 끝나게 내버려둘 수는 없었다.

밤이 오기를 기다렸다.

네뷸리스 왕궁이 진한 붉은색으로 물들었다.

그 붉은색이 서서히 검은빛을 띠다가 이윽고 정원등의 불이 켜질 무렵. 그때는 이미 안뜰에는 사람이 거의 없었다.

정원사도 성령 부대도 다 떠났다.

기껏해야 이 주변을 순찰하는 야간 경비대만 남아 있을 것이다.

"…………."

슬그머니 수풀 속에서 기어 나왔다.

어깨에 붙은 풀잎도 그냥 내버려둔 채 나는 느긋하게 왕궁 안뜰을 걷기 시작했다.

목적은 없었다.

굳이 말하자면, 나는 나를 깔보는 녀석들의 힘(가치)을 확인해보고 싶었다.

"누구냐?!"

손전등 불빛이 나를 비췄다.

안뜰 경비대인가. 참 착실하게도 3인 1조로 순찰하고 있었나 보다.

"……이봐, 너 거기서 뭐 해?!"

한 명이 이쪽으로 다가왔고, 두 명이 멀리서 지원하려는 것처럼 후방에서 대기했다.

정말 조심성이 많구나.

보다시피 나는 싸구려 셔츠와 중고 코트만 입고 있었다. 총은 물론이고 날붙이조차 안 가지고 있는 거의 맨몸이나 마찬가지인 상태였는데.

"두 손 들고 이쪽으로 돌아서. 알았냐? 천천히 해. 대체 여기서 뭘 하고 있었는지——."

"너를 때려눕힐 거다."

"?!"

뒤를 돌아보면서 대지를 박찼다.

총을 쏘는 것보다 빠르게. 성령술을 발사하는 것보다 빠르게.

한순간 눈을 깜빡일 틈조차 주지 않고 상대의 품속으로 파고들어, 그놈의 턱을 주먹으로 후려쳤다.

"이 자식이?!"

"수상한 놈 발견! 안뜰 입구에서 날뛰고——윽?!"

그 말을 꿰뚫었다.

이곳은 안뜰이다. 돌멩이 같은 것은 얼마든지 바닥에 널려 있었고, 이 어둠을 이용한 투척 공격은 너희들은 피할 수 없을 것이다.

이제 한 명 남았다.

"돌 던지기 놀이는 처음인가? 눈싸움은?"

"윽! 무슨——."

"고상하신 너희들은 모르나 보군."

돌을 경계해 반사적으로 팔뚝을 들어 눈을 가리다니. 나쁘지 않은 판단이다.

하지만 그런 한순간의 빈틈만 있으면 충분하다. 나는 마지막 한 사람과의 거리를 좁혔다. 그리고 아무 생각 없이 치켜든 주먹으로 그놈의 배를 때렸다.

"……윽?!"

그는 신음 소리를 남기고 쓰러졌다.

왕궁 경비원이라면 손꼽히게 뛰어난 인재일 터. 그런 놈들을 세 명이나 한꺼번에 해치웠……지만, 내 가슴속에는 아무런 감개도 없었다.

만족감도 없고, 성취감도 없었다.

오히려 부글부글 끓어오르는 것은 순수한 분노였다.

"……이래도 되는 거야?"

이 왕궁 경비원이란 놈들은 완벽한 성령술사일 것이다.

그런데 이렇게 약해도 되는 건가?

나는 불합격시켰으면서, 「성령술사니까」란 이유 하나만으로 이놈들이 나라의 중요한 역할을 맡고 있는 이 현실.

도대체 뭐냐. 이 불평등은.

"……나를 봐라."

주먹을 불끈 쥐고 나는 그 자리에서 으르렁거렸다.

나는 죽을힘을 다해 강해졌다. 이렇게까지 강해졌는데도 가치를 인정받지 못한다면, 대체 어떻게 해야 인정받을 수 있단 말인가!

성령 부대를 이기고, 왕궁 경비대를 해치우고.

이래도 아직 부족하다는 건가?

"……그래, 아예 순혈종이라도 괴롭히면 되나?"

시조 네뷸리스의 후손인 3대 왕가.

그 왕가의 혈통은 특히 강력한 성령을 가지고 있어서 순혈종이라고 칭송받는다.

이곳은 왕궁의 안뜰.

그러니 순혈종이 지나가도 이상하진 않을 것이다.

"그놈을 내가 흠씬 두들겨 패면 만족할까? 그러면 나도 인정받을 수 있을까?"

답은 '아니요'다.

그래, 다 안다. 순혈종을 때려눕힌다면 나는 중범죄자다.

나라는 존재를 인정받기는커녕 지명 수배자가 되어서 끝장날 것이다. 파멸의 길이란 것도 알고 있었다.

그런데도 나는 멈출 수 없었다.

형태 없는 울화가 나를 충동질하는 것을 막을 수 없었고, 막고 싶지도 않았다. 그래서 나는 그저 밤의 안뜰을 정처 없이 계속 헤매고 다녔는데————.

"……저 녀석은."

정원등 아래.

호위병도 없이 안뜰 벤치에 앉아 있는 순혈종이 있었다.

왕녀 일리티아 루 네뷸리스 9세가.

단, 마치 다른 사람처럼——.

그때와는 전혀 다른 모습인 왕녀가 그곳에 있었다.

눈가에 드리운 어두운 그늘. 초라하게 축 늘어진 어깨. 광장에서 민중을 보면서 노래하던 그 웃는 얼굴도 이제는 생기 없이 말라붙어 있었다.

완전히 지쳤다. 주위의 모든 것에 혐오감을 느끼고 있다. 그런 표정이었다.

왜 그렇게 생각하느냐고?

그 왕녀와 비슷한 표정을, 내가 매일 보면서 살고 있으니까.

"거울에 비친 나 같은 눈이군."

"?!"

왕녀가 깜짝 놀라 고개를 들었다.

내 목소리를 들은 걸까?

의외였다. 그토록 「영혼이 여기 없는」 듯한 태도였는데. 그래도 내 혼잣말을 알아들을 정도로는 아직 현실에 의식을 남겨두고 있었나 보다.

"거기 누구 있어?!"

흥, 뭐든 상관없다.

친절하게 "네"라고 대답할 마음은 없었지만, 나는 그 정원등 옆으로 걸어갔다.

"_____."

"……당신, 도둑이야?"

왕녀의 눈에는 나는 그저 추레한 남자처럼 보일 것이다.

맨 처음 그런 단어가 튀어나오는 것도 당연했다. 오히려 이렇게 긴장감 있는 상황에서 반사적으로 "도둑놈!"이 아니라 "도둑"이라고 침착하게 부르다니, 그 담력이 나로선 거의 감탄스러울 정도로 놀라웠다.

"지금 여기 있는 게 나라서, 너는 운 좋게 살았구나."

그 한마디로 충분히 뜻은 전해졌을 것이다.

나는 네 목숨을 노리는 자객이나 강도 같은 게 아니다. 예상대로 왕녀는 약간이나마 안도했는지 긴박감이 좀 누그러지는 게 느껴졌다.

"……다행이네. 그럼 당신은 내 팬이야?"

"그렇게 보이나?"

"보여."

에메랄드빛 머리카락의 왕녀는 쿡쿡 웃었다.

"전에 광장에서 내 노래를 들어줬잖아?"

"!"

대체 얼마나 오래된 일을 기억하는 거야.

아니, 애초에. 그 수백 명이나 되는 군중의 얼굴을 일일이 기억하고 있다고?

내가 광장에 도착했던 것은 콘서트가 거의 끝나갈 무렵이었다. 무수히 많은 관중을 헤치고 중간에 끼어서 들어갔었는데?

그런 움직임까지 하나하나 잘 보고 있었다면──.

그래, 상당히 놀라운 재녀구나.

성령을 제외한 모든 것을 가진 왕녀. 그렇게 조롱당하는 이유도 알 것 같았다.

"미안하지만 나는 그때 우연히 그 광장에 있었던 거야."

"어머, 유감이네."

일리티아 왕녀가 아쉬워하는 것처럼 어깨를 으쓱했다.

"그럼 당신은 뭐야?"

"뭐처럼 보이는데?"

"…………."

왕녀가 입을 다물었다.

여전히 벤치에 앉아서 내 눈을 가만히 들여다보더니.

"울분을 느끼는 것처럼 보여."

"허!"

못 참고 웃음을 터뜨렸다.

완벽한 정답이었다. 이 왕녀, 제법 사람을 보는 눈도 있구나.

"훌륭해."

그 자리에서 박수를 쳐줬다.

"내가 절대로 용서할 수 없는 것이 두 가지 있어. 지금까지는 나 자신이 그중 첫째였는데, 오늘 1위와 2위가 바뀌었다. 내가 가장 용서할 수 없는 것은 이 나라야."

"……이 나라?"

일리티아가 어리둥절하여 눈을 깜빡거렸다.

"내가 잘못 들은 건가? 제국이 아니라?"

"지평선 저쪽 끝에 있는 제국 따윈 아무래도 좋아. 눈앞에 있는 이 황청이 문제다."

또다시 속이 부글부글 끓으며 뒤집히는 기분이었다.

동그랗게 구겨버린 결과 통지서. 그것을 광장의 쓰레기통에 던져 넣는 대신에 왕녀에게 휙 던져줬다.

"……아, 그런가."

왕녀는 구겨진 종이를 폈다.

그 내용을 가볍게 한번 훑어보더니 상황을 이해한 것처럼 고개를 끄덕거렸다.

"당신은 성령 부대 지원자였는데. 불합격이라 심통이 난 거구나?"

"그래."

"우울해할 필요 없어. 성령 부대는 모두 뛰어난 인재잖아. 뭐하면 재도전이라도——."

"벌써 세 번이나 떨어졌어."

"……뭐?"

"성령술 결핍증. 성령술을 쓸 수 없는 사람은 전장에 설 자격이 없다나 봐."

"푸하하!"

나는 이 순간의 일리티아를 평생 잊지 못할 것이다.

크게 웃음을 터뜨렸다. 특별한 고귀함으로 알려진 왕녀가 참으로 저속하게 와하하 웃음을 터뜨리더니, 덤으로 배를 잡고 깔깔 웃은 것이다.

일반 서민이 술집에서 폭소를 터뜨리는 것처럼——.

"세, 세 번이나 성령 부대 시험에 떨어졌어?! 성령술 결핍증인데도 포기를 안 하고? 아, 아하하하하하! ……하하…… 아, 저기, 미안해. 나는 남의 불행을 보고 즐기는 취미는 없다고 생각했는데."

눈가에 눈물이 맺힐 정도로 신나게 웃는 왕녀.

너무 웃어서 숨을 헐떡일 정도였다.

"……아, 너무 우습다. 어차피 나도 똑같은 인간인데, 왜 이렇게 우스운 거지?"

바로 그때.

여러 사람의 발소리가 저 뒤에서 힘차게 이쪽으로 다가왔다.

"서둘러, 이쪽이야!"

"단독범은 아닐 거다! 빨리 증원해!"

왕궁 경비대. 좀 전에 내가 잠재웠던 세 사람의 동료인가. 그놈들이 흥분한 얼굴로 일리티아가 있는 벤치까지 뛰어왔다.

"일리티아 님?! 여기서 뭐 하시는 겁니까?!"

"밤바람을 쐬고 있었어."

생긋 웃는 왕녀.

광장에서 군중을 상대로 보여줬던 것처럼 과장된 미소였다.

"무슨 일이야? 왜 그렇게 당황한 거지?"

"조심하십시오! 안뜰 안쪽에 경비원 세 명이 쓰러져 있었습니다. 누군가에게 습격당한 것 같습니다."

"어머나? 난폭한 사람이 다 있구나."

일리티아가 놀란 소리를 냈다.

그것이 연극이란 사실을 눈치챈 사람은 나 하나밖에 없을 것이다.

"하지만 걱정하지 마. 나는 계속 여기 앉아 있었는데 아무도 안

왔거든. 그자는 틀림없이 안뜰을 통과해 성 밖으로 나갔을 거야."

"네, 감사합니다! 귀중한 정보 제공에 감사드립니다. 자, 다들 서둘러!"

경비원이 떠나갔다.

그 요란한 발소리가 밤의 어둠 속으로 사라질 때까지 기다렸다가 나는 수풀 속에서 기어 나왔다. 왕녀는 눈을 가늘게 뜨고 재미있다는 듯이 그런 내 모습을 바라보고 있었다.

"……나를 감싸줄 필요가 있었나?"

"당신 덕분에 웃었으니까. 그 답례야."

신이 난 목소리로 대답하는 왕녀.

그러나 문득 그 아름다운 얼굴이 섬뜩하게 무표정한 얼굴로 변했다.

"나도 이 나라가 싫어."

진심일 것이다.

그것이 거짓 없는 한마디란 것은 금방 알 수 있었다.

일리티아 왕녀는 여왕이 될 가능성이 없다. 그 배경을 아는 사람이라면 누구나 눈치챌 수 있으리라.

"……나는 성령술사가 싫어. 성령만으로 모든 것이 결정되는 이 황청이라는 나라가 너무나 미워서 참을 수 없어. 제국보다 더."

그래, 알아.

그렇게 입 밖에 내려던 말이 너무 진부하게 느껴졌다. 그래서 이렇게 대답하기로 했다.

  "마음이 맞네."

  "…………."

  왕녀가 한순간 입을 다물었다.

  하늘을 쳐다보던 시선을 돌려 말없이 나를 쳐다봤다.

  "아까 당신이 여기 오기 전까지 내가 여기서 무슨 생각을 하고 있었는지 알아? '이 나라도 제국도 전부 다 망해버리면 좋겠다'라고 생각했어."

  상당히 과격한 발언이군.

  그렇게 생각하면서 나는 가볍게 고개를 끄덕였다.

  "그래, 전부 다 없애자."

  그것은——.

  나로선 별생각 없는 맞장구에 불과했다.

  어차피 이 사람은 농담을 한 것이리라. 만에 하나, 억에 하나 그렇게 극단적인 생각을 했더라도, 나처럼 신분이 낮은 인간이 동의해봤자 진지하게 상대해주지도 않을 것이다.

  아까처럼 킥킥 하고 보기 좋게 웃어넘길 게 뻔하니까————.

  "…………정말로?"

  한순간의 깜빡임만 있으면 충분하다.

어느새——.

크게 흔들리는 오드 아이의 눈빛이, 나를 그 자리에서 꼼짝 못하게 옭아매고 있었다.

"……정말로? 정말로 당신도 그렇게 생각하는 거야?"

일리티아의 음성은 떨리고 있었다.

비에 젖어 덜덜 떠는 아기 고양이처럼. 그 연약한 목소리가, 이 여자가 얼마나 큰 용기를 쥐어 짜내서 그런 발언을 했는지를 가르쳐주었다.

그것이, 바로 그것이——.

아름다웠다.

광장에서 수백 명이나 되는 군중을 사로잡았던 그 여신 같은 미소보다도.

당장이라도 울음을 터뜨릴 것처럼 처연한데도 나를 똑바로 쳐다보는 이 늠름하고 맑은 눈빛을…… 나는 아름답다고 느끼고 말았다.

이 여자의 눈동자 속에는, 내가 가지지 못한 결의가 깃들어 있었기 때문이다.

……진심이구나.

……일리티아 왕녀. 너는 진심으로 이 나라를 부수고 싶어 하는 건가.

중대한 국가 반역이다.

혹시 왕궁 경비대가 이곳으로 돌아왔다면. 방금 그 이야기를 들었다면, 이 여자는 당장 내일이라도 왕녀의 지위를 잃어버릴 텐데.

……그렇게 엄청난 비밀을.

……나에게 고백한 건가. 고백할 상대로서 나를 선택한 건가.

그 사실을 깨달은 순간.

나는————.

"어떻게 부수고 싶은데? 일리티아 왕녀."

나는.

그녀 앞에 한쪽 무릎을 꿇고 고개를 숙이고 있었다.

"말해줘."

"……이루어줄 거야?"

"그 꿈을 이루는 것은 당신 자신이야. 나는 당신의 수족이 되겠다."

내 안에서 어떤 안개가 걷혔다.

이 사람을…… 밤의 벤치에서 아무에게도 도움을 청하지 못하고 절망하고 있던 왕녀를, 어떻게든 도와주고 싶다는 생각을 해버렸다.

"나는 당신의 힘이 되어주고 싶어."

"…………."

일리티아가 입을 다물었다.

침묵을 선택한 것이 아니었다. 나에게 뭔가를 전하고 싶어서, 그러기 위한 말을 찾고 있는 것처럼 보였다.

"……당신은 홀로 밤의 왕궁에 숨어들어 나를 찾아왔지. 당신은 우연이라고 생각할 테지만, 나는…… 계속 기다리고 있었어."

"기다렸다니, 무엇을?"

"물어볼 필요도 없잖아."

약간 부끄러운 것처럼.

불빛 아래 왕녀는 수줍어하면서 이렇게 말했다.

"사악한 성에 갇혀 있는 공주님을 해방시켜줄 기사님을."

"…………."

"그러니까 나도 가르쳐줄게. 소중한 비밀을 공유하자."

왕녀가 가슴에 손을 대더니.

벤치에 앉은 채 마치 선서하는 것처럼 하늘을 우러러보며 말했다.

"나는 마녀가 되고 싶어."

"……마녀?"

"황청을 부수는 괴물이 되고 싶어. 나의 모든 것을 바쳐서라도."

그 의미는 나로선 이해할 수 없었다.

하지만 설명을 요구할 마음도 나지 않았다. 그것이 주인의 소망이라면──.

"그럼 되어봐. 이 세상 그 누구도 당신의 소망을 비웃지 못하게 해줄게."

"……그럼 고개를 들어줘."

슥 하고.

내 머리에 손가락이 닿았다.

벤치에서 일어난 일리티아 왕녀가, 그 앞에 무릎 꿇은 나의 머리를 사랑스러운 듯이 쓰다듬은 것이다.

"당신의 이름을 가르쳐줘."

"요하임 레오 아르마델."

"그럼 요하임. 지금 이 순간부터 당신을————."

다음 날 아침.

나는 제1왕녀 일리티아의 근위병으로서 왕궁에 당당하게 들어가게 되었다.

4

근위병이 된 지 한 달.

일리티아가 나에게 명령한 것은 「어떤 곤경에 처해도 나를 지켜줄 수 있을 정도로 강해질 것」.

내 행동은 제한하지 않았다.

근위병이란 입장은 일종의 허울. 나는 일리티아 곁에서 대기하지 않고 오로지 수련에만 몰두했다. 이전보다 더 열심히.

언제 「그날」이 와도 괜찮도록. 몸과 마음을 갈고닦으면서——.

"외출을 하자. 요하임."

갑작스러운 소환이었다.

몰래 외출복으로 갈아입은 일리티아가 나를 데리고 간 곳은 중립도시.

공무는 아닌 것 같았다.

그럼 휴가인가? 그것도 아닌 듯했다.

목적지로 향하는 길에 일리티아의 말수가 서서히 줄어들었기 때문이다. 이에 대해 나는 위화감을 느꼈다.

도대체 무슨 목적으로 어디에 가려는 걸까?

"이쪽이야, 요하임."

중립도시에 도착한 일리티아는 망설임 없이 교외로 걸어갔다.

인적 없는 폐가. 그곳의 뒷문에서.

"기다렸어, 공주님."

낡은 백의를 입은 여자가 우리를 맞이했다.

공주님──즉, 일리티아의 신분을 알고 있었다. 백의를 걸치고 있는 것을 보면 의사나 연구자가 아닐까.

"어라? 누구야? 이 붉은 머리 남자는."

"내 호위병이에요, 켈비나 주임."

"공주님, 여기서 하는 『시술』은 황청의 그 누구에게도 이야기하지 않는다. 나한테 그렇게 단단히 주의를 줬던 것은 너였잖아?"

"그랬죠."

"……흥, 뭐, 좋아. 별 희한한 일이 다 있군."

켈비나라고 불린 여자는 어깨를 으쓱했다.

나를 힐끗 보더니 더 이상 눈도 마주치지 않았다. 아마 내 정체 따윈 아무래도 좋다는 뜻이리라.

"자, 들어가. 밖에서 잡담이나 하고 있으면 남들이 볼 수도 있잖아."

폐가 뒷문으로 들어가서——.

거실이 있어야 할 넓은 공간에서, 나는 한순간 현기증 같은 아찔함을 느끼고 눈살을 찌푸렸다.

"……뭐야? 여긴…….""

사방의 벽과 천장이 수십 개나 되는 모니터로 뒤덮여 있었다.

책상에는 기묘한 색깔의 용액이 들어 있는 비커와 플라스크가 놓여 있었다.

그리고 중앙에는 진찰대.

단, 구속 장치가 되어 있는 진찰대였다. 난 이런 것은 처음 봤다.

"너 의사야?"

"아니."

켈비나란 여자는 나를 돌아보지도 않았다.

시내에서 어슬렁거리던 시절의 나보다도 더 지저분한 백의. 그 뒷모습을 나에게 보여주면서 켈비나는 말했다.

"의사가 『치료하는 사람』이라면, 나는 의사가 아니야."

"?"

"왜냐하면 나는 『끌어올리는 사람』이니까. 마이너스를 제로로 만드는 것이 의사. 나는 제로를 플러스로 만드는 연구를 하고 있어."

 그렇게 대답하면서.

 켈비나는 진찰대에 걸터앉은 일리티아의 오른팔에서 피를 뽑아냈다. 그 피를 거대한 검사기에 집어넣고…… 뭔가 계측하는 건가?

 "훌륭해."

 모니터에 표시된 숫자의 나열을 본 켈비나는 떨리는 목소리로 말했다.

 형형하게 빛나는 눈동자. 초승달처럼 올라간 입술.

 "아아, 정말 훌륭해. 일리티아 왕녀. 넌 가능성이 있어."

 "이봐."

 더 이상 참지 못하고 켈비나의 어깨를 붙잡았다.

 적당히 해라. 이 여자가 나한테 관심이 있든 없든 그건 상관없다. 그런데 일리티아의 피를 뽑아서 대체 뭘 조사하는 거냐?

 "뭐야, 그게 네 연구냐? 일리티아의 무엇을 조사하는 거지?"

 "이건 간단한 패치 테스트(적응 검사)야."

 켈비나가 이쪽을 돌아봤다.

 일그러진 미소. 일리티아의 피를 뽑은 채혈관과 모니터를 보면서 눈을 번쩍번쩍 빛내는 그 모습은——저절로 미친 과학자란 단어가 연상될 정도였다.

"팔대사도도 기뻐할 거야. 새로운 피험자가 탄생했으니."

심상찮은 단어가 줄줄이 튀어나왔다.

팔대사도? 피험자? 애초에 패치 테스트가 뭔데? 하지만 이 미친 과학자에게 물어봐도 멀쩡한 답이 나올 것 같지 않았다.

"일리티아, 이건 무슨 연구지?"

"마녀가 되기 위한 연구야."

"……이게?"

물론 잊지 않았다.

나와 일리티아가 만났던 그날 밤에도 같은 단어를 들었다.

……마녀라고?

……그것은 성령술사에 대한 멸칭이 아닌가?

아마도 의미는 다를 것이다.

이 폐가에서 실시되고 있는 것이 일종의 인체실험이란 것은 알았는데, 마녀가 무엇을 의미하는지는 아직 모르겠다.

"큭큭."

켈비나는 유쾌한 것처럼 어깨를 흔들며 웃었다.

그리고 나를 힐끔 훔쳐보더니.

"너를 신용하지 않는 것 같네. 일리티아는."

"……뭐라고!"

"그런 게 아니야."

내가 주먹을 불끈 쥔 순간.

일리티아가 양손으로 그 주먹을 감쌌다.

"!"

"요하임, 믿어줘. 내가 오늘까지 용기를 내지 못했을 뿐이야. 당신에게 고백할 용기를. 그러니까 오늘 가르쳐줄게⋯⋯ 내가 무엇을 하고 있는지."

"아니, 실제로 방금 들었잖아?"

켈비나가 일리티아의 말을 받아서 이야기했다.

"이 공주님은 말이지. 야심을 실현할 힘이 부족한 거야. 그 힘을 얻기 위해서 인간이 아닌 괴물이 되는 실험에 지원한 거지."

"⋯⋯그게 이 인체실험이라고?!"

"뭐, 이게 운이 좋기도 하고 나쁘기도 하지만, 일리티아는 적성이 있는 것으로 판명됐어. 그게 바로 이 패치 테스트야. 너도 한번 실험해볼래?"

대답도 기다리지 않고——.

켈비나는 어느새 주사기를 손에 쥐고 있었다. 주사기 몸통 안에서 출렁이는 것은 연보라색 약물. 그것이 내 왼팔의 정맥을 통해 주입되었다.

1초⋯⋯ 2초⋯⋯ 3초를 세기도 전에.

쿵! 하고 내 심장이 찌그러진 듯한. 그런 격통이 느껴졌다.

"~~~~?!"

이어서 덮쳐온 것은 맹렬한 오한과 욕지기. 게다가 온몸이 불타는 것처럼 체온이 올라갔다. 처음 경험하는 고통에 나는 그 자리에서 무너지듯이 쓰러졌다.

뭐냐?

내 육체에 대체 무엇이 혼입된 거냐?

"……이 자식, 이건, 독이냐?"

"독? 아, 하긴 그렇지. 이 별에서 가장 위험한 독일지도 몰라."

흐려진 시야 속에서 미친 과학자가 웃고 있었다.

"방금 주입한 약물에 대해, 너의 육체에 깃든 성령이 거부반응을 보이는 거야. 아, 안심해도 돼. 그렇게 거부반응을 보이는 것이 정상적인 인간이란 증거니까. 다시 말해『적성 없음』이란 거지. 내 피험자는 될 수 없어."

"……뭐라고?"

"일리티아의 패치 테스트는 너보다 일곱 배나 더 강한 약물로 행했어."

"?!"

입에서 튀어나오려던 말이 날아가 버렸다.

아연실색——그렇게 표현할 수밖에 없는 상태가 되었는데, 켈비나는 그런 나를 내려다보더니 책상에 늘어선 비커 중 하나를 꺼냈다.

거기 든 약물은 진보라색.

들고 보니 나에게 주입된 약물보다 압도적으로 진했다.

"자, 보다시피 일리티아는 아무렇지도 않지? 그러니까 훌륭하다는 거야. 마녀가 될 소질이 있는 거라고. 이제는 이 약의 농도를 조금씩 높여주면——."

“그렇게 태평하게 꾸물거릴 수는 없어.”

“……음?”

켈비나가 돌아보기도 전에 일리티아는 진찰대에서 벌떡 일어나 있었다.

책상 위에 늘어서 있는 다섯 개의 비커. 그중 가장 색깔이 진한 약물이 든 비커를 움켜쥐더니, 뚜껑을 비틀어 열고――.

일리티아는 그 약물을 와인처럼 단숨에 다 마셔버렸다.

꿀꺽.

그 기묘한 약물은 한 방울도 남김없이 일리티아의 목으로 넘어 갔다.

“……앗?! 일리티아?!”

나는 무심코 소리를 질렀다.

겨우 몇 밀리리터의 약물만 주입됐는데도 나는 거부반응이 일 어나 괴로워했다.

그런데 일리티아가 마신 약물은 비교도 안 될 정도였다.

농도로 보나, 분량으로 보나.

죽는다. 나는 진심으로 그런 사태를 각오했다.

그러나――.

“걱정하지 마, 요하임. 이거 봐.”

왕녀가 자기 입술에 묻은 약물을 손가락으로 슥 닦아냈다.

그리고 그 약물까지 혀로 핥아 먹더니…… 일리티아는 상쾌하게 웃었다. 이거 봐, 멀쩡하잖아? 하고 말하는 것처럼.

"……이럴 수가……."

켈비나가 비틀거렸다.

경탄과 찬미가 뒤엉켜 어색하게 딱딱해진 웃음소리를 내면서.

"설마, 버텨낸 거야? 저 용액을 다 마시고………… 하하…… 이봐, 왕녀. 너는 진짜 괴물이 될지도 모르겠다."

켈비나의 뺨을 타고 땀이 흘러내렸다.

나조차도 "일리티아가 뭔가 말도 안 되는 짓을 해버렸다"는 것은 알 수 있었으니까. 켈비나는 나와는 비교가 안 될 만큼 경탄했을 것이다.

"좋아, 그럼 왕녀. 지금부터 짧은 여행에 너를 초대할게. 출발은 2주일 후. 그때까지는 받아들일 준비가 될 거야."

짧은 여행? 일리티아를 어디로 데려가려는 거지?

내가 그렇게 물어보기도 전에 켈비나는 어깨를 으쓱하며 말했다.

"내 연구소는 제국에 있거든."

"제국이라고?!"

귀를 의심했다. 그와 동시에 납득하기도 했다.

이런 중립도시에 낡아빠진 폐가로 위장된 연구소가 있으니까. 보통 일이 아닐 거라고는 생각했는데, 제국이 얽혀 있다면 그것도 납득이 갔다.

……황청의 적.

……그것은 틀림없이 나에게도 적국일 것이다.

하지만 나보다는 일리티아가 더 문제였다.

제국에 간다고? 제정신인가?

네뷸리스 황청의 왕녀라면 저 제국이 진심으로 탐내는 마녀일 것이다. 들키면 즉시 붙잡혀서 죽음보다 더 고통스런 굴욕을 맛보게 될 것이다.

"……일리티아."

가슴에 손을 얹고 가만히 있는 왕녀를 쳐다보면서 말했다.

"정말로 제국에 갈 생각이냐? 너한테는 이 세상에서 가장 사악한 나라일 텐데."

"맞아, 요하임. 내가 원하는 힘은 거기서만 얻을 수 있어."

이것은 나중에 알게 된 사실이지만──.

아까 그 약물이 육체에 미치는 영향을 조사하기 위해, 일리티아는 이미 몇 번이나 계속 제국에 다녀왔다고 한다.

"……알았어. 그럼 나도 가겠다."

"어이쿠, 잠깐만."

켈비나가 요란하게 한숨을 쉬었다.

"공주님을 지키는 기사 노릇이라도 하려고? 내가 데려갈 사람은 일리티아 한 명뿐이야."

"뭐라고?!"

"생각을 해봐. 네뷸리스의 왕녀를 제국으로 데려가는 게 얼마나 어려운 일인지.”

“……크윽!”

“공항에는 성령 에너지 검출기가 빈틈없이 정비되어 있고, 경비원들이 순찰을 하고 있어. 한 명 데리고 들어가기도 어렵다고. 게다가 너는 피험자가 아니잖아. 평범한 사람이지. 그런 녀석을 옮기기 위해 노력할 정도로 나는 인심 좋은 사람이 아니야.”

반박할 말이 없었다.

나를 옮기는 데까지 신경 쓰다가 실수로 일리티아를 옮기는 것을 들켜버린다면, 두 마리 토끼를 다 놓치는 격이다. 나도 그런 것은 원하지 않았다.

“……여기서도 나는 불합격인가.”

“뭐, 걱정하지 마. 공주님은 내가 반드시 제국으로 잘 데려갈 테니까. 아무튼 소중한 피험자잖아? 제국군 따위한테 넘겨줄 수는 없지.”

“동감이다. 다만 한 가지 덧붙일 것이 있어.”

“뭐?”

“일리티아를 호위하는 사람은 네가 아니야. 나다.”

뒤를 돌아보면서 손을 내밀었다.

책상 위에 늘어서 있는 다섯 개의 비커. 그중 가장 진한 약물은 일리티아가 마셔버렸으므로, 나는 두 번째로 진한 약물을 붙잡았다. 그리고 그 뚜껑을 뜯어냈다.

“앗?! 너 무슨──.”

"요하임?!"

켈비나와 일리티아가 눈을 크게 떴다.

그들이 말려볼 틈도 없이, 나는 내 허벅지를 향해 그 약물을 부었다.

내 성문을 향해.

……치이익.

연기가 피어올랐다. 곧이어 미증유의 격통이 나를 덮치는 바람에 하마터면 의식을 잃을 뻔했다.

"——으?!"

오른쪽 다리가 뼈와 살까지 통째로 박살나는 듯한 착각.

수천 개나 되는 검에 찔리더라도, 수만 개나 되는 총탄을 뒤집어쓰더라도 이렇게까지 끔찍한 격통은 겪지 못할 것이다.

"…………끄윽………… 아………… 큭……!"

"요하임, 뭐 하는 거야?!"

일리티아가 손을 내밀어 나를 받쳐주려고 했다.

그 손목을 붙잡은 것은 켈비나였다.

"기다려, 공주님. ……어휴, 이거 참."

이 여자는 눈치챈 것이리라.

내 오른쪽 허벅지에 있는 성문에서 하얀 연기가 피어올랐다. 몸을 태우는 격통 속에서, 내 몸의 표면에 있는 성문이 서서히 사라져가고 있었다.

다행이다.

이로써 일리티아를 따라갈 수 있게 되었다.

"……이봐, 켈비나라고 했나…… · 네가 말했지……?"

격통으로 기절해버릴 것 같았다.

나는 이를 악물고 주먹을 꽉 쥐면서 정신없이 입을 움직였다.

"이 약물은 성령한테는 맹독이라고……. 그럼 이 약물을 뒤집어쓰면, 성문이 사라진다…… 그렇지, 않아…………?"

"100점 만점을 줄게."

짝짝.

그것은 켈비나의 박수 소리였다.

"성문 적출 시술. 이런 농도라면 온몸의 성령 에너지를 지워버리는 것은 불가능할 테지만, 네 피부에서 성문을 태워 없애는 것은 가능할 거야."

"……이로써 제국의 성령 에너지 검출기에는 걸리지 않을 거야. 그렇지?"

"운이 좋으면 그렇겠지."

켈비나의 대답은 더없이 냉정했다.

"아무튼 알았어. 공주님을 데려가는 일은 나에게 맡기고, 너는 자력으로 제국의 국경을 넘어가겠다. 그런 건가?"

그렇다.

일리티아가 비행기를 타고 간다면, 나는 육로로 가면 된다. 자동차 한 대로 간선도로를 따라 이동하다가 국경 검문소를 통과하면 되는 것이다.

……나는 본디 성령술 결핍증이다.

……성문을 태워버린 지금은 성령 에너지 검출기에 걸리지 않을 자신이 있었다.

어차피 황청에는 미련도 없었다.

"일리티아."

이를 악물고.

거칠게 숨을 헐떡거리면서도 나는 일리티아에게 묻지 않을 수 없었다.

"다시 한 번 말한다. 당신이 제국으로 간다면 나도 갈 거야. 설마 내가 방해가 되나?"

"_____."

일리티아는 한동안 침묵했다.

녹색과 노란색 오드 아이가 나를 바라보더니.

"당신은 바보구나."

피식 웃었다.

"방해된다면, 여기 데려오지도 않았을 거야."

"……그런가."

다행이다.

나는 오직 그것만 확인하고 싶었다. 그 한마디만 있으면 어떤 사지로든 뛰어들 수 있다.

설령 그것이 제국이라는 적국이라 해도.

"좋은 소식이 있어. 훌륭한 기사님."

모니터와 눈싸움을 하던 켈비나가 고속으로 뭔가를 입력했다.

"팔대사도가 너에게 관심을 보였어."

"······팔대사도?"

"내 연구의 출자자야. 너를 제국과 황청 양쪽의 스파이로 활용하고 싶대."

켈비나가 종이를 건네줬다.

참 친절하게도 나를 제국에 들어가게 해주는 지시서인 듯했다.

국경 검문소의 몇 번 게이트로 들어가고, 입국한 후에는 어떤 경로를 통해 어디로 가야 하는지. 심지어 그 시각은 분 단위로 지정되어 있었다.

"다 외운 다음에는 태워."

켈비나가 일리티아와 나란히 섰다.

뻔뻔하게 친한 척하면서 일리티아의 어깨에 손을 올렸는데, 그 모습을 본 나는 말없이 아랫입술을 깨물었다.

"한발 먼저 제국에 가서 기다릴게. 너의 소중한 공주님과 함께."

5

그로부터 한 달 후.

나는 제국의 중심인 제도 융메룽겐에 찾아왔다.

모든 일이 켈비나의 지시서대로 진행됐다. 모든 것이 낯설기만 한 이 땅에서, 깊이가 5,000m나 되는 지하를 방문하여——.

그곳에서 만났다. 제국을 좌지우지하는 최고 권력자들을.

『잘 왔어. 요하임 레오 아르마델 군.』

어두운 의사당.

내가 시선을 들어 쳐다보자, 벽에 설치된 여덟 개의 모니터가 수상하게 빛나고 있었다.

『당신을 환영해.』

『성문을 버린 남자가, 조국인 황청을 버리고 제국군의 사도성이 된다는 드라마는 어떨까? 여차하면 천제의 목숨을 노린다는 계획도 실현시킬 수 있을 테고.』

".........."

지난 한 달의 기간 동안——.

나는 일리티아에게서 모든 이야기를 들었다.

별의 중추에는 성령조차 뛰어넘는 「재액」이란 것이 잠들어 있다고 한다. 일리티아와 팔대사도는 그 힘을 이용하기 위해 공모한 것 같았다.

……팔대사도는 100년 전의 망자들.

……그들은 재액의 힘을 이용해 천제와 시조를 뛰어넘으려고 하고 있었다.

물론 나한테는 아무래도 좋은 일이었지만.

나의 사명은 「충실」하게 행동하는 것. 내가 제국에 들어오려면 팔대사도의 절대적 권력이 필요하니까.

지금은 묵묵히 기르는 개 역할이나 수행하자.

『좋아, 그럼 결정됐군.』

여덟 개의 모니터에서 만족스런 음성이 흘러나왔다.

이놈들의 수족으로서 이용당하는 굴욕의 쓴맛도 달게 받아들여주마.

여기가 아닌 어딘가에서──.

일리티아는 내 굴욕과는 비교도 안 되는 고통과 싸우고 있을 테니까.

『제국 사령부에 추천해주마.』

『요하임 레오 아르마델. 외국에서 발굴된 원석을 사도성으로 추천하는 거다.』

이리하여 나는──.

완벽한 제국군의 외부인으로서 팔대사도의 이례적 추천에 의해 사도성으로 승격됐다.

물론 나를 시기하고 의심하는 사람도 있었다.

제국군도, 또 다른 사도성도 그랬다.

다만 나로서는 운 좋게도 이때 천제 융메룽겐은 잠들어 있었다. 가장 중요한 천제가 뭐라고 하지 않는 이상, 아무도 팔대사도의 추천에는 이의를 제기할 수 없었다.

『축하해. 사도성 요하임.』

『이로써 자네는 제국에서 자유롭게 돌아다닐 권리를 손에 넣었다.』

　제국군의 신분증.

　내가 간절하게 원했던 물건이다. 이로써 제국 어디를 돌아다녀도 의심받지 않을 것이다. 그 권력을 이용해──.

　나는 켈비나의 연구소를 방문했다.

6

　한 달 넘게 헤어져 있다가──.

　오랜만에 일리티아를 만나게 되었다.

　고양된 감정과 약간의 긴장감. 그것이 나답지 않다는 것은 나 자신도 알고 있었지만.

　"……여기가 켈비나의 연구소인가."

　오래된 건물이었다.

　기나긴 세월 동안 비바람에 시달려온 외벽은 페인트칠이 벗겨져 있었다. 유령이 나온다는 소문이 돌아도 이상하지 않을 정도로 기분 나쁜 폐허였다.

　나는 미리 들었던 문을 열고 건물 안으로 들어갔다.

　"……이곳의 지하인가?"

　이런 음울한 장소에 일리티아를 가둬둔 건가.

　우선 켈비나에게 불평부터 해야겠다. 나는 그렇게 속으로 다짐하면서 지하로 가는 계단을 내려갔는데.

"윽, 너는?!"

그곳에 괴물이 있었다.

인간 소녀와 비슷한 실루엣.
그러나 머리카락은 보석 같은 금속성으로 응고되어 있었고, 온 몸의 피부는 해파리처럼 투명해서 등 뒤의 벽이 비쳐 보이고 있었다.
물론 인간의 근육과 피부가 이렇게 유령처럼 투명할 리는 없었다.
……뭐야, 이 괴물은!
……게다가 일리티아는 어디 있는 거지? 켈비나는?!
"응? 너 어디로 들어왔어?"
괴물이 돌아봤다.
이쪽을 보자마자 호전적이고도 도발적인 미소를 지었다.
"흥, 뭐, 됐어. 보랏빛으로 불타버려라."
"……이 이형의 괴물 놈이."
테이블을 확 걷어차고 나는 지하층 벽 근처까지 후퇴했다.
휴 하고 숨을 내쉬었다. 진정해라. 내가 놀란 것은 일리티아 대신 이 녀석이 불쑥 튀어나왔기 때문이다.
막상 전투가 시작되면.
"겁먹을 이유는 없지. 그저 순간만 있으면 충분하니까."

"하하! 말은 잘하네?!"

괴물이 양팔을 벌렸는데——.

"기다려, 비소와즈."

뒤쪽에서 울려 퍼진 목소리가 그것을 막았다.

한 달 전과 똑같이 구깃구깃한 백의를 어깨에 걸친 채, 미친 과학자 켈비나는 하품을 하면서 걸어 나왔다. 저 안쪽의 방에서.

"일단 우리의 협력자거든? 그 남자는."

"뭐? 이 녀석이? 하지만 제국군 옷을 입고 있잖아?"

"일리티아가 기르는 개야."

"뭐라고?! 그럼 황청 사람이란 말이야? 성령 에너지도 안 느껴지는데."

"성문은 없어."

켈비나는 내 오른쪽 다리를 가리켰다.

"재액의 용액으로 말이지, 이 남자는 성문을 태워버렸어."

"뭐?! 아하하하, 제법인데?! 꽤 웃기는 짓을 하는구나! 그렇게까지 해서 제국에 침입하고 싶었던 거야?!"

괴물은 소리 높여 웃었다.

빈말로도 듣기 좋다고는 할 수 없는 교성이었다. 나는 말없이 눈살을 찌푸렸다.

"켈비나. 이 괴물은 뭐냐?"

"일리티아가 되고 싶어 하는 마녀야."

"…………뭐라고……?"

한순간 머리의 사고가 정지됐다.

미의 여신 같은 일리티아와 이 추악한 마녀 비소와즈. 그 둘이 도저히 내 머릿속에서는 하나로 연결되지 않았기 때문이다.

"내가 괴물이라고?"

마녀는 낮은 목소리로 웃었다.

"그 말을 그대로 네 주인에게 해주지 그래? 저기 저 안쪽. 방금 켈비나가 나온 곳으로 한번 가봐."

"──윽, 일리티아!"

나는 튕겨 나가듯이 달리기 시작했다.

한 달도 넘게 떨어져 있어서 재회를 바라는 마음이 강했기 때문일까.

아니면──.

미친 과학자와 마녀의 말을 믿고 싶지 않은 마음이, 내 발걸음을 빨라지게 한 걸까.

홀 안쪽의 작은 방.

그곳에 있는 낡은 진찰대를 본 순간, 나는 반사적으로 걸음을 멈췄다.

실 한 오라기 걸치지 않은 일리티아가 짐승처럼 몸부림치고 있었다.

목을 마구 긁으면서.

그 매끄러운 머리카락을 흐트러뜨린 채, 눈을 부릅뜨고 소리 없는 비명을 지르고 있었다.

"일리티아?!"

"…………."

절규가 딱 멈췄다.

조용해진 방. 진찰대에 누워 있는 일리티아가 힘없이 이쪽을 돌아봤다.

"……요하……임?"

"일리티아! 나야, 괜찮아……?!"

그쪽으로 뛰어갔다.

땀에 젖은 나신을 감추려고 하지도 않는, 아니, 감출 기운도 남아 있지 않은 일리티아에게 나는 자신의 겉옷을 걸쳐줬다.

"켈비나! 일리티아에게 무슨 짓을 한 거냐?!"

"그 질문에는 예전에 대답했을 텐데? 마녀화 시술을 한 거야."

저벅저벅.

구두 소리를 내면서 켈비나가 다가왔다.

"왕녀님의 육체는 이미 변화가 진행되고 있어. 인간이 아닌 것으로 변하고 있지. 비유하자면 몸속에 벌레가 기생해서 온통 파먹히는 듯한 감각일 거야."

"……아까 그 마녀와 같은 모습으로 변한다는 건가?"

괴물의 모습이 되는 건가.

내가 입술을 깨물면서 쥐어짜낸 말 한마디에 켈비나는 코웃음을 쳤다.

"그보다 더 추악한 것으로 변할걸."

"·················그게 무슨······."

"마녀 비소와즈는 재액의 힘을 0.0002%의 농도로 희석한 힘을 부여해서 저렇게 된 거야. 일리티아에게는 그 농도의 500배나 되는 힘을 주입했지."

"······500배라고?!"

"보통 사람이라면 죽을 만한, 아니, 존재 자체가 싹 날아갈 만한 농도야. 그걸 버텨내고 있다는 게 역시 대단하지. 뭐, 그래도 이런 꼴이지만."

"————네 이놈!"

충동이 나의 온몸을 지배했다.

정면에 있는 의자를 발로 차서 날려버리고, 그 앞에 서 있는 켈비나의 목을 붙잡아 꽉 졸랐다.

그러나.

숨도 못 쉬고 산소가 부족해 파랗게 질려가면서도 그 여자의 표정은 진지하기만 했다.

"착각하면 곤란해. 이 힘을 투여해주길 바란 것은 일리티아 본인이야."

"······윽."

나는 분노로 덜덜 떨리는 손을 떼면서 마지못해 켈비나를 놔줬다.

황청을 박살내고 싶다.

그 목적을 위해 마녀가 되고 싶다고 말한 사람은 일리티아. 그것은 틀림없는 사실이었다.

"…………요하임……."

갈라진 목소리.

나는 그쪽을 돌아봤다. 그러자 내 눈앞에 똑바로 쓰러져 있는 일리티아가 살며시 손을 내밀었다. 오한이나 고통 때문에 몹시 약하게 경련하고 있는 손을.

──손을 잡아줘.

일리티아의 눈빛이 그렇게 재촉하고 있었다. 나는 어색하게 그 손을 잡았다.

처음이었다.

일리티아가 나에게 손을 내민 것도.

내가 그 손을 잡아준 것도.

"………………………."

"!"

일리티아가 말없이 쳐다봤다. 그 몸짓이 의미하는 것은──.

부족해.

──나를 안아줘.

──너무 괴로워서 못 견디겠어.

눈물로 촉촉해진 눈동자. 뜨겁게 상기된 뺨.

서로 말을 하지 않아도 알 수 있었다. 일리티아가 무엇을 원하는지는 명백했다. 당연했다. 이 정도도 모른다면 나는 호위 실격일 것이다.

그럼에도 불구하고.

"…………."

나는 주저하고 말았다.

눈앞에 누워 있는 일리티아는 내 겉옷 한 장으로 간신히 맨살을 가리고 있는 모습이었다.

너무나 가까운 피부와 피부의 거리감. 그래서 나는 일리티아와의 첫 만남 이후 처음으로 우리의 입장 차이를 의식하고 말았다.

……눈앞에 있는 사람은 제1왕녀.

……그에 비해 나는, 일리티아가 거둬주기 전까지는 한낱 무뢰한에 불과했다.

용서받을 수 있을까?

나는 이 고귀한 왕녀를 끌어안는 나 자신을 용서할 수 있을까?

그렇게 망설인 순간――.

왕녀는 내가 준 겉옷을 내팽개치듯이 세차게 진찰대 위에서 일어났다.

"윽!"

그리고 정신 차렸을 때에는.

알몸이 된 일리티아가 스스로 내 품속에 뛰어들어 있었다.

"그때 그 말은, 거짓말이었어?"

"윽! ······························거짓말이 아니야············! 나는······!"

나는.

"······당신의 힘이 되어줄 거야."

가녀린 어깨를 양팔로 감싸고, 등을 손으로 휘감아 그녀를 껴안았다.

온 힘을 다해.

우리 둘 다 그랬다. 나는 일리티아를 전력으로 꽉 껴안았고, 일리티아도——고통 때문에 괴로워하는 그녀는 내 등을 쥐어뜯는 것처럼 손가락에 힘을 줬다.

"······요하임············ 미안해······."

"나에게 사과할 필요는 없어."

기어 들어가는 목소리로 그렇게 말하는 주인에게 나는 진심으로 그렇게 대답했다.

"나는 당신에게 감사하는 마음밖에 없으니까."

"············."

"나를 선택해줘서, 고마워."

그 하룻밤 동안——.

나는 고통스런 소리를 내는 일리티아를 계속 끌어안고 있었다.

결론부터 말하자면.

그 하룻밤이 지난 후에도 일리티아는 변화하지 않았다.

마녀 같은 괴물이 되지 않았다. 그 사실에 자신은 은근히 안도하기도 했다. 그게 나로서는 복잡한 감정이긴 했지만.

"대기만성 타입이야."

그런 내 속마음을 꿰뚫어 본 것처럼.

천장의 모니터를 쳐다보면서 켈비나는 진지한 얼굴로 그렇게 말했다.

"마녀의 모습에 혐오감을 느꼈다면, 좀 더 단단히 각오를 해두는 게 좋을 거야. 그 모습도 약과니까. 일리티아는 그보다 훨씬 더 기분 나쁘고 추악한 모습으로 변할 거야. 지금은 일단 변용 시기. 애벌레의 번데기 같은 상태인데, 번데기에서 아름다운 나비가 태어날 거라고 생각하지는 마."

"…………."

그 말 한마디 한마디가 나의 정신을 불쾌하게 만들었다.

그러나——.

거꾸로 말하자면 이것이 켈비나 나름대로의 배려라는 것도 나는 느낄 수 있었다. 네 주인은 괴물이 될 것이다. 그러니 어중간한 기분으로 있지 마라.

"나는 흔들리지 않을 거다."

"그럼 다행이고."

천장을 계속 쳐다보는 켈비나.

"요하임. 너는 『촉매(카탈리스트)』라는 과학 용어를 알아?"

"난 무식해. 학술에는 관심 없다."

"뭐, 일단 들어봐. 예를 들어 물질 A와 물질 B가 융합해 물질 C로 변하는 화학 반응이 있다고 해보자. 이때 촉매는 말이지, 물질 A + 물질 B가 물질 C로 변하는 반응 속도를 가속시키는 역할을 해주는 거야."

"관심 없다고 말했——."

"촉매는 너야."

"……뭐?"

"내 실수다. 왜냐하면 난 처음에는 너에게 전혀 관심이 없었거든."

뚜벅.

구두 소리를 내면서 켈비나가 이쪽으로 몸을 돌렸다.

"물질 A(일리티아)와 물질 B(재액의 힘)가 섞여서 물질 C(마녀)가 된다. 너란 존재는 이 화학 반응식에는 등장하지 않지만, 분명히 의미는 있어. 일리티아의 마녀화의『안정화』에 있어서는."

"…………."

"이 촉매를 감상적인 언어로 바꾸자면『정신적 지주』라고 할 수 있어. 너란 존재가 있으니까 일리티아의 고통이 극적으로 줄어들었어."

"…………."

"앞으로도 일리티아와 가까이 있도록 해. 그것이 내 연구에 도움이 되니까."

무언으로 답했다.

이쪽을 쳐다보는 켈비나. 나는 자기 의지로 등을 돌렸다.

"네 연구 따윈 알 바 아니다. 나는 나 자신과 일리티아를 위해서로 가까이 있는 거야."

그리고 걸음을 뗐다.

이 음울한 지하 연구소 안쪽에 있는 일리티아의 방을 향해.

──툭.

문을 두드리자 곧바로 "들어와"란 목소리가 들렸다.

"몸 상태는 어때?"

"……최악이지만, 최악 중에서는 나쁘지 않은 편일지도 몰라."

간소한 셔츠만 입고 있는 일리티아.

침대를 의자 삼아 앉아서, 몸을 앞으로 구부린 채 고개를 숙이고 있었다.

손에는 손거울을 들고 있었다.

"뭐 해?"

"……각오는 하고 있었는데."

쨍! 하고.

일리티아의 손에서 손거울이 스르르 떨어지더니 금이 갔다.

"……막상 그 순간이 다가오니까 무섭구나."

괴물이 되는 순간.

보기 드문 미모를 타고난 왕녀가, 그 지위와 외모를 다 버리고 인간이 아닌 존재로 변신하려는 순간이 다가오고 있었다.

"아니야. 요하임."

일리티아가 고개를 들었다.

"나는 내가 괴물이 되는 것을 무서워하는 것이 아니야. 내가 무서워하는 것은, 완전히 변해버린 내 모습을 보고 당신이 무서워하는 것. 왠지 그런 장면을 상상하게 돼……."

일리티아는 웃으면서 울고 있었다.

아름다운 속눈썹은 촉촉해졌고, 눈가가 빨갛게 부어 있었다.

"……미안해."

일리티아가 몸을 일으켰다.

어두운 방 안의 어두운 구석에서 벽에 기대어 서더니 숨을 내쉬었다.

"……난 왕궁 사람들 중 누군가가 나를 배신하거나 험담을 하더라도 얼마든지 견딜 수 있었어. 하지만…… 신기하네. 추하게 변해버린 나를 보고 당신이 비명을 지른다면…… 나는…… 난생처음으로 자신의 선택을 후회하게————아!"

그 말은 중간에 끊겼다.

내가 일리티아를 억지로 끌어당겨 내 몸으로 그녀의 얼굴을 덮어버렸기 때문이다.

"무서워하지 마. 나를 무서워하지 마라."

"…………."

"나에게 기대. 나를 이용해. 나를 자랑으로 여겨. 나를 믿어. 나를 선택한 것은 실수가 아니었다고, 나 자신이 증명해줄게……

언제든지 당신 곁에 있을게……."

"…………고마워."

일리티아의 목소리에 힘이 돌아왔다.

그리고 자신을 안고 있는 나를 똑같이 안아줬다.

"멋있어졌네. 나의 기사."

기사인가.

그러고 보니 나와 당신이 처음 만났을 때에도 그런 말을 들었지.

"……나는, 당신의 기사가 된 건가?"

"응. 당신은 『순』의 기사 요하임. 나만의 기사……."

그날 이후로.

일리티아는 식사를 하지 않게 되었다.

물도 수면도 더 이상 원하지 않았다. 일리티아는 서서히, 시시 각각으로 인간의 영역에서 벗어나고 있었다.

또 한편으로.

나는 마침내 천제 융메룽겐을 알현할 날을 맞이하게 되었다.

『네가 요하임이야?』

제도의 가장 깊숙한 곳에 있는 천수부에서——.

나를 맞이한 것은 은색 짐승이었다.

얼굴 생김새는 고양이와 인간 소녀를 섞어놓은 것처럼 보였고, 의상 사이로 살짝 드러난 다리는 꼭 여우 같았다. 풍성한 털로 뒤덮인 꼬리도 인간이라고 말하기는 어려웠다.

　……이것이 천제.

　……100년 전 볼텍스에서 성령과 동화된 인간인가.

　이런 것을 처음 봤더라면 놀라서 소리를 질렀을 것이다.

　하지만 나는 공교롭게도 이미 마녀 비소와즈라는 괴물을 만나 내성을 가지고 있었다.

『흐응?』

　말없이 무릎을 꿇는 나를 내려다보더니——.

　천제 융메룽겐의 눈이 거의 완벽한 동그라미 형태로 커졌다.

『뭘까. 아주 약하긴 하지만, 너한테서는 성령 에너지가 느껴지는데?』

　"!"

　이럴 수가. 오랫동안 잊고 살았던 긴장감이 나를 덮쳤다. 등에서 식은땀이 확 났다.

　내 정체를 꿰뚫어본 건가? 아니, 냄새를 맡은 건가?

　성문은 태워 없애버렸다.

　제국의 온갖 검출기들도 나의 성령 에너지를 감지하지는 못했는데.

　……역시 천제님이신가.

　……마녀와는 다른 의미로, 이놈도 겉보기와 같은 괴물인 건가.

　어떻게 하지?

　정체를 간파 당했다면, 지금 당장 이 자리에서 "베어라"란 것이 팔대사도의 명령이었다. 하지만 그런 짓을 허용할 상대인가?

『넌 위험하구나.』

"…………."

침묵을 선택했다.

어차피 나는 근본적으로 거친 무뢰한이다. 재치 있는 말을 떠올릴 지혜는 없었다.

그런 나를 한동안 가만히 쳐다보더니.

"흐암…… 아무튼 네가 열망하던 서열 제1위의 자리 말인데……."

은색 짐승이 늘어지게 하품을 했다.

『확실히 오랫동안 공석이었지. 크로를 밖으로 내보냈는데 언제 돌아올지 모르니까. 응, 그런 이유로 네 부탁을 들어줘도 될 것 같아.』

"?! 그렇습니까……."

사도성 제1위.

오랫동안 공석이었던 이유가 무엇인지 나는 모르겠지만, 안 될 줄 알면서도 직소해본 결과가 이것이었다.

거절당할 것을 각오하고 있었는데.

『이로써 너는 멜른의 최측근이야.』

천제는 뒹굴뒹굴 누워 있다가 몸을 일으켰다.

한 단 높은 자리에서 책상다리를 하고 앉아 이쪽을 내려다봤다.

『기억해둬. 네가 멜른을 우러러볼 때, 멜른도 너를 자세~히 보고 있거든. 그러니 결코 딴마음은 먹지 마.』

다 꿰뚫어 보고 있구나.

나의 배후에 팔대사도가 있다는 것을.

내가 천제를 관찰한다면, 천제도 나를 통해 팔대사도를 감시한다는 뜻이리라.

하지만 나로선 더없이 좋은 일이었다.

"……알겠습니다."

천제도 팔대사도도 자기들끼리 실컷 견제하면 된다.

나는 둘 중 어느 쪽에도 속하지 않으니까.

내가 모시는 주인은———.

천상에도 천하에도 단 한 사람, 일리티아밖에 없다.

그리고.

나와 일리티아가 함께 보낼 수 있는 시간은 이제 조금밖에 남지 않았다.

7

점점 인간이 아니게 되어가는 일리티아.

일리티아의 몸 상태는 하루하루 악화되어갔다. 컨디션은 언제나 「최악」. 그러나 최악인 와중에도 아주 가끔 「최악 중에서는 그나마 나은 날」은 남아 있었다.

———일리티아가 가까스로 일어설 수 있는 컨디션인 날.

──그리고 구름 한 점 없이 쾌청한 날씨.

그 두 가지가 기적적으로 겹쳐진 어느 날 아침.

나는 신기하게도 이게 마지막 날임을 직감했다. 그래서…….

나는 일리티아를 교외의 언덕으로 데려갔다.

기분 좋게 흘러오는 들풀의 향기.

쏟아지는 아침 햇살은 눈 부시고 따뜻했다.

이곳은 제국이다.

증오스러웠던 적지에서, 나는 이렇게 풍요로운 자연 상태의 언덕이 있다는 사실에 진심으로 감사했다.

왜냐하면.

"……반가운걸."

일리티아가 웃어준 것이다.

숨 막히는 탁한 공기로 채워진 지하 실험실에 오랫동안 갇혀서 서서히 표정을 잃어가던 일리티아가 내 앞에서 웃어준 것이다.

"오랜만에 하늘을 보네. 태양도, 들꽃도. 이렇게 바람을 쐬는 것이 이토록 기분 좋은 일이었다니……."

그리고 일리티아가 뛰기 시작했다.

"앗. 일리티아! 그렇게 뛰면──."

"괜찮아, 이거 봐!"

아름다운 긴 머리카락을 어지러이 흩날리면서.

새하얀 원피스를 훈풍에 휘날리며.

양산을 빙글빙글 돌리고.

푸른 하늘에 웃음소리를 퍼뜨리면서.

이렇게 어린아이처럼 들떠 있는 일리티아의 모습을, 도대체 누가 본 적이 있을까?

왕녀 일리티아 루 네뷸리스 9세가 아니라——.

가장 사랑하는 나만의 주인이 거기 있었다.

……그래.

……나는. 나는 틀림없이.

이런 모습을 봐두고 싶어서, 이 마지막 순간을 일리티아와 함께 나누고 싶어서. 그녀를 여기로 데려온 것이다.

"아하…… 하하하………… 아아…… 너무 뛰어서 피곤해."

일리티아가 천천히 이쪽을 돌아봤다.

헉헉 숨을 몰아쉬면서. 조금 수줍어하는 것처럼 얼굴을 붉히고. 그『순』간을——.

나는 결코 잊지 못할 것이다.

당신이 나에게만 보여준 진짜 얼굴. 그 외에 무엇을 더 바랄 수 있겠는가?

이날, 이 순간이.

몇 년, 몇십 년의 사랑조차 뛰어넘는 추억이니까. 그래——.

나와 당신의 로맨스(사랑 이야기)는, 이 순간만 있으면 충분하다.

이리하여.

한순간의 사랑은 햇빛에 녹아내렸고. 나는 주인을 모시는 기사로 돌아갔다.

그리고 현재.

제도 교외에 마녀의 요염한 웃음소리가 울려 퍼졌다.

내 앞에서는 방 전체를 꽉 채울 듯한 검은색 안개가 빙글빙글 소용돌이치고 있었다.

누가 믿을 수 있을까.

이 검은 안개가 일리티아란 것을.

켈비나의 지견은 옳았다. 재액의 힘에 그 누구보다도 심도 있게 순응한 결과, 「마녀」가 된 일리티아는 아예 생물조차 아니게 되었다.

『————.』

검은 안개가 소용돌이치더니 점점 사람의 형태로 수축되었다.

그 풍만한 몸매의 실루엣만이 과거의 일리티아의 흔적을 보여주는 것 같았다.

『……나, 보기 흉한 모습이지?』

마녀 일리티아.

다시 태어난 일리티아가 처음으로 입에 담은 말은, 자기 자신에 대한 매도였다.

눈앞에 있는 거울을 보더니──.

『어떤 모습이 될까? 하고 과거에는 매일 밤 두려워했었어. 눈이 세 개가 되지 않을까? 팔이 네 개가 되지 않을까? 머리에서 뿔이 돋아나고 꼬리가 생기지 않을까? 하고…….』

예상은 전부 다 빗나갔다.

정답은「아무것도 없음」이다.

뿔이나 꼬리는커녕 팔이나 눈도 없었다. 더 이상 생물의 장기 따윈 필요 없다는 것처럼, 일리티아는 생물로서의 기관을 모조리 잃어버렸다.

『……정말, 정말로 추한 모습이구나…… 상상했던 것보다 더 심해.』

"변하지 않았어."

나는 그런 일리티아를 뒤에서 끌어안았다. 육체조차 없는 검은색 안개. 팔로 건드린 순간 찰박! 하고 덩어리진 물을 껴안는 듯한 감각이 전해져 왔다.

체온도 없었다. 내 팔에서 느껴지는 것은 얼음덩이를 껴안고 있는 듯한 냉기밖에 없었다.

　그래도──.

　"당신은 변하지 않아. 내가 여기 있으니까."

『………….』

　숨 한 번 쉬는 것보다도 짧은 침묵.

『아냐, 변했어.』

　"일리티아──."

『아니, 요하임. 변한 것은 당신이야.』

　쿡쿡.

　몸은 이미 괴물로 변했는데도 일리티아의 웃음소리만은 변하지 않았다.

『나를 껴안을 때 주저하지 않게 되었어.』

　"!"

　일리티아가 예상외의 장난기를 보여주자, 나는 말문이 막혀버렸다.

　그런 말을 듣고.

　나는 뭐라고 답하면 좋을까?

『하지만 이제 그만하자.』

　일리티아가 스르르 내 곁을 떠났다.

내 품속에서 말 그대로 공기처럼 빠져나가더니 일리티아가 내 눈앞에 섰다.

　한 걸음 정도 떨어진 거리.

　손을 내밀면 닿을 수 있는 거리에서.

　"불쾌했어?"

　『아냐, 바보.』

　괴물은 어이없어하는 소리를 냈다.

　『이렇게 당신이 나를 안아주면, 나는…… 이대로 모든 것을 잊어버리고 당신과 영원히 서로 끌어안고 싶어 할 것 같으니까.』

　황청을 무너뜨리는 것보다도.

　제국을 무너뜨리는 것보다도.

　가장 사랑하는 기사와 포옹하는 것을 원할 것 같으니까.

　『그러니까 이건 이걸로 끝이야. 하지만 우리는 지금부터 시작이잖아?』

　일리티아가 손을 내밀었다.

　그 손 앞에서 나는 묵묵히 무릎 꿇고 고개를 숙였다.

　『갑시다. 나의 기사.』

　"내 목숨이 붙어 있는 한, 당신과 같이 싸우겠다. 나의 주인님."

　최후의 한순간까지.

　그래, 이 싸움이 끝나는 『순간』까지 나는 당신만의 기사로서 살아갈 것이다.

후기

『너와 나의 최후의 전장, 혹은 세계가 시작되는 성전』(너와 나의 전장) 단편집 3권을 읽어주셔서 감사합니다!

　이 이야기는 판타지아 문고의 격월지 드래곤 매거진에서 연재 중인 『너와 나의 전장』 단편들을 골라 모아서 만든 특별편입니다.

　장편 스토리는 이미 가경으로 접어들었는데요. 이 단편집은 거기서 한 발짝 떨어져, 이스카의 일상이나 앨리스의 왕궁 생활 등 무대 뒷면을 자세히 보여주는 이야기가 되었으면 좋겠습니다.

　◇File.01 『혹은 정의의 소지품 검사』 (2021년 1월 호)

　이게 아마 수많은 단편들 중에서도 가장 많은 인물들이 등장한 단편일까요?

　네네와 시스벨이 같은 잡지를 가지고 있기도 하고, 네임리스와 메이가 게스트 참전을 하기도 하고요. 온갖 개성적인 소지품들이 개인적으로 마음에 듭니다. 참고로 가면 경은 드래곤 매거진 게재 당시에는 등장하지 않았지만, 이 단편집에 실으면서 가필을 했습니다.

　저는 이런 자잘한 가필을 좋아해요.

　◇File.02 『혹은 무술 마스터가 된 왕녀?』 (2021년 11월 호)

앨리스가 무술에 눈뜨는 에피소드.

앨리스와 시스벨이 모이면 대체로 동생 시스벨이 폭주하고 언니 앨리스가 휘둘리는 편이지만…… 이번에는 언니가 폭주하는 역할을 맡은 특이한 이야기입니다.

참고로 비화를 말씀드리자면——다이쿵후 노사님이 그리운 듯이 회상했던 「도장에서 날개를 펼치고 떠나간 소녀」는 실은 미스미스였습니다.

◇File.03 『혹은 익명 상담 BOX』 (2021년 7월 호)

천제 융메룽겐이 심심해서 터무니없는 짓을 하는 이야기.

이렇게 보면 천제의 참모 리샤는 평소에도 마음고생을 많이 할 것 같죠? 어쩌면 이런 식으로 융메룽겐을 돌봐주는 게 싫어서 크로스웰이 제국 밖으로 뛰쳐나간 걸지도……?

◇Secret 『순간만 있으면 충분하다』 (미공개 단편)

오랫동안 준비했다가 드디어 여러분께 보여드리게 되었습니다.

요하임이 『순(瞬)』인 이유이자, 일리티아가 앨리스에게 물었던 「기사와 마녀의 이야기」. 그 원류——.

두 사람의 관계도, 또 제목도 '이거밖에 없다!'라고 생각했습니다.

그런데 『너와 나의 전장』에서 완전한 일인칭은 어쩌면 이게 처음이었을지도 모르겠네요. 그 정도로 진심으로 쓰고 싶었던 Secret File입니다.

……네. 그럼 본편 이야기는 이 정도로 하고요. 이제 새 소식을 알려드리겠습니다.

▶TV 애니메이션 『너와 나의 전장』, 2023년에 Season Ⅱ 방영 결정!

오래 기다리셨습니다!

그동안 애니메이션 속편이란 정보만 먼저 공개됐었는데요. 마침내 정식으로 선보이게 되었습니다. 2023년을 부디 즐겁게 기다려주시길 바랍니다!

『너와 나의 전장』 공식 계정도 꼭 체크해주세요! (https://x. com/kimisen_project)

▶『신은 게임에 굶주렸다.』 5권, 8월 25일 발매!

애니메이션 제작 기획 진행 중인 새로운 시리즈의 신간 5권이 발매됩니다.

놀랍게도 『너와 나의 전장』 단편집 발매 다음 주인 8월 25일에 간행됩니다. 그러니 부디 『너와 나의 전장』과 함께 응원해주셨으면 좋겠습니다!

끝으로 Special thanks입니다.

이번에도 최상급 표지를 그려주신 네코나베 아오 선생님, 감사합니다!

　드래곤 매거진 9월호의 앨리스의 유카타 차림도 너무너무 예뻤어요!

　그리고 담당자 O님. 소설과 애니메이션 전반에 걸쳐 여러모로 크게 신세를 지고 있습니다. 앞으로도『너와 나의 전장』이 비약할 수 있도록 도와주세요, 잘 부탁드리겠습니다!

　네, 그러면──.

　8월 25일에 나오는『신은 게임에 굶주렸다.』5권.

　그리고 올겨울에 나올 예정인『너와 나의 전장』14권. 장편도 드디어 가경에 접어들었습니다!

　두 시리즈 모두 최선을 다해 재미있게 이끌어 나가겠습니다. 꼭 기대해주세요!

　한여름의 대낮에, 사자네 케이

KIMI TO BOKU NO SAIGO NO SENJO, ARUIWA SEKAI GA HAJIMARU SEISEN Secret File 3
©Kei Sazane, Ao Nekonabe 2022
First published in Japan in 2022 by KADOKAWA CORPORATION, Tokyo.
Korean translation rights arranged with KADOKAWA CORPORATION, Tokyo.

너와 나의 최후의 전장, 혹은 세계가 시작되는 성전 Secret File 3

2024년 11월 15일 1판 1쇄 발행

저   자 사자네 케이
일 러 스 트 네코나베 아오
옮 긴 이 한수진
발 행 인 유재옥
이   사 조병권
출판본부장 박광운
편 집 2 팀 정영길 박치우 조찬희
편 집 3 팀 오준영 권진영 이소의 정지원
디자인랩팀 김보라 이민서
디지털사업팀 김경태 김지연 윤희진
콘텐츠기획팀 박상섭 강선화
라이츠사업팀 김정미 이윤서 임지윤
영업마케팅팀 최원석 이다은 윤아림
물 류 팀 허석용 백철기
경영지원팀 최정연
인쇄제작처 ㈜코리아피엔피
발 행 처 ㈜소미미디어
등   록 제2015-000008호
주   소 서울시 마포구 토정로222, 502호 (신수동, 한국출판콘텐츠센터)
판매 및 마케팅 (070) 8822-2301

ISBN 979-11-384-8490-9
ISBN 979-11-6190-511-2 (세트)